RIEN DE PLUS ILLUSOIRE

Marta Pérez-Carbonell

RIEN DE PLUS ILLUSOIRE

Roman

Traduit de l'espagnol (Espagne)
par Isabelle Gugnon

LES ESCALES

Titre original : *Nada más ilusorio*

Édition française publiée par :
© Éditions Les Escales, un département d'Édi8, 2025
92, avenue de France
75013 Paris – France
Courriel : contact@lesescales.fr

ISBN : 978-2-36569-914-3
Dépôt légal : septembre 2025
Imprimé en France

Couverture : Hokus Pokus Créations
Mise en pages : Nord Compo

À Andrés, qui a cru en cette histoire
bien avant qu'elle existe,
et à tous ceux qui cherchent un refuge
dans la lecture.

Les jours passeront comme passent
tous les mauvais jours de la vie
Les vents néfastes faibliront
Le sang de ta plaie stagnera

L'âme errante regagnera son nid
Ce qui hier était perdu reparaîtra
Le soleil conçu sans la moindre tache
Reviendra se placer à tes côtés

Et tu diras face à la mer : Comment ai-je pu
inondé sans boussole et perdu
arriver à bon port toutes voiles déchirées ?

Une voix te dira : Tu ne le sais donc pas ?
Le vent qui a brisé tes vaisseaux est le même
que celui qui fait voler les mouettes.

Óscar Hahn

Oui, tout le récit était fait de choses qui se répondaient.
Le commencement créait une situation qui se dénouait
à la fin avec les éléments du commencement.
Donc la fin répétait le commencement
et le commencement permettait déjà de concevoir la fin.

Jean-Paul Sartre

Le système de numération chinois distingue deux sortes de zéros qui sont en réalité deux sortes de néants : l'un est le néant absolu, celui qui, je suppose, donne forme aux confins de l'Univers, là où aucune particule n'a jamais existé ; l'autre est représenté par le caractère *ling* 零 et désigne la marque de ce qui est resté en arrière, en suspension, comme l'humidité dans l'atmosphère après un orage. Une absence définie par la trace de ce qui était et a été.

Pendant ces jours statiques, tout était *ling* ; un creux qui avait contenu quelque chose. Or ceci n'est pas le récit d'une période d'immobilité mais l'histoire d'une longue nuit.

Quand on m'avait proposé ce travail à Londres, le pire était passé et j'étais à Atocha. Au début de l'été 2020, la promenade était un jouet tout neuf dont apparemment personne ne se lasserait. Je déambulais chaque jour sans but précis et me retrouvais souvent dans les gares de Moncloa, Atocha, Principe Pío. Ces endroits abritaient toute l'animation qui nous avait manqué : flots de touristes, passagers en retard, serveurs chargés de plateaux ; même les tortues du bassin central montaient sur les rochers et sautaient dans l'eau. Du banc où je m'étais installée je les voyais, lentes et jurassiques, certaines faisant trempette, d'autres se séchant au soleil. Un homme m'aborda avec un grand sourire et un Caddie rempli de prospectus. Il m'avait observée, m'avoua-t-il en me tendant un triptyque composé de la photographie d'un groupe d'enfants dans un pré entourés de colombes blanches, les yeux levés vers un ciel nuageux percé d'un rayon de lumière. Je lui lançai un regard interrogateur auquel il répondit en me signalant le texte : « Qu'est-ce que la vie », sans point d'interrogation, dans une typographie rappelant celle de Telepizza. Avec la conviction des mystiques, il m'annonça qu'il était là pour me sauver. Je le remerciai pour ses bonnes intentions, mais non, merci bien, j'étais déjà saine et sauve, de même que lui et toutes les personnes qui étaient dans la gare ce jour-là. Il eut l'air dépité, je profitai d'une annonce diffusée par les haut-parleurs pour me lever et consulter mon téléphone. Machinalement, j'ouvris ma boîte mail : on me proposait un travail à Londres. M'éloigner du mystique à cet instant équivalant à quitter Madrid, j'aurais pu simplement me lever, mais je fis mieux en quittant à la fois la gare et le pays.

Parfois prendre des décisions comme conclure un repas par un dessert ou un café (ou encore l'accompagner de pain blanc ou complet) exige plus de temps qu'adopter des résolutions impliquant un changement dans sa vie. Je me demandai ce qu'aurait choisi l'illuminé avec son dépliant de pizzeria délirant. Entre les deux options, ne préférons-nous pas toujours nous lancer dans la roue du mouvement ? Un groupe d'Américaines tiraient de lourdes valises, des touristes tournaient sur eux-mêmes, leurs téléphones portables en guise d'antennes, une marée humaine suivait aveuglément un parapluie.

Au poste que je venais de décrocher dans la société WorldTrans, je travaillais essentiellement au siège londonien, mais devais passer une semaine à leur agence écossaise. L'avant-dernier dimanche de chaque mois, je prenais un train de nuit et me réveillais le lundi matin à Édimbourg. Je descendais dans un petit hôtel que je quittais le vendredi en fin d'après-midi pour retourner à Londres. Dans un sens comme dans l'autre, j'étais ensommeillée en arrivant à destination, les jambes gonflées et le moral à plat, à croire que le volume de ce dernier partait dans mes chaussettes. C'étaient de longues nuits où la légèreté ne venait pas toute seule, il me fallait la convoquer si je voulais la mettre de mon côté, ce qui des années auparavant n'était pas le cas.

J'avais déjà vécu dans la capitale britannique à l'époque reculée où je m'étais inscrite à un cours d'écriture en anglais que je finançais en étant fille *au pair*[1]. Cette période de sandwichs froids, de vieilles moquettes et d'insouciance joua le rôle d'une parenthèse : elle avait existé sans ancrage ni centre de gravité comme elle aurait pu ne jamais avoir lieu.

Mais ça n'avait duré qu'un temps et j'étais vite retournée à Madrid, où la vie était plus pesante. Après l'obtention d'un master, j'avais exercé entre autres métiers celui de traductrice *free-lance* ; j'étais dans une situation précaire, mais le silence de ces mois où je traduisais des textes en solitaire m'avait donné l'illusion d'une compagnie pendant que l'ennemi invertébré, aphone et microscopique vidait les rues qu'il transformait en plateaux de cinéma désertés par les caméras. Quant à nous, les spectateurs, nous assistions à l'hécatombe depuis nos foyers, nous munissant du strict nécessaire afin de pouvoir continuer, respirant à peine en nous berçant doucement et en nous contentant de murmurer. Le monde entier retenait son souffle comme s'il était sous l'eau, feignant de n'être rien ou de ne pas être là afin que les ambulances ne nous trouvent pas.

La fin des jours immobiles fut aussi celle du deuil, de la fièvre et du silence. C'en était terminé du temps qui semblait élastique, et dans l'intention de me remettre en mouvement, je me réinstallai à Londres.

1. En français dans le texte, comme tous les mots en italique suivis d'un astérisque (NdT).

Bien que toutes les histoires aient un dénouement, aucune ne se termine vraiment, elles s'entrelacent comme celles qui vont suivre en espérant former ensemble une seule et même trame.

Des multiples trajets en train que j'ai faits, celui au cours duquel s'est déroulée cette histoire a été le plus mémorable. Tout cela est sans doute survenu parce que j'avais oublié de prendre un livre. Pour les voyageurs, lire de nuit dans les trains a toujours été un refuge ; en mouvement, la lecture nous procure une sensation de protection, de confort. C'est une lanterne, disait Walter Benjamin. Même l'avion tant redouté nous borde dans son berceau quand nous avons un livre. Les lumières s'éteignent en cabine et le faisceau des veilleuses individuelles nous éclaire, à l'image de l'eau qu'un nuage déverse sur un personnage de dessin animé. Nous traversons le néant obscur en lisant une histoire à la fois lumineuse et environnée de pénombre. Mais cette fameuse nuit je n'avais emporté aucun livre avec moi.

On annonça le prochain arrêt (le seul que marquait ce train au cours de son périple nocturne), et je quittai le compartiment pour me rendre au wagon-restaurant, où le serveur jouait avec sa frange et s'activait derrière le bar avec une grande économie de gestes, servant des mignonnettes de gin accompagnées de petites canettes de tonic. Il devait sillonner l'île dans sa longueur plus souvent que moi et détestait peut-être les gares et le mouvement.

Les voitures étaient divisées en compartiments dont les sièges pouvaient s'abaisser et se rejoindre afin de former un lit constitué de moitiés de fauteuils, encore fallait-il pour ce faire obtenir le consentement de tous les occupants, et dans ce cas, s'allonger à côté d'inconnus et favoriser la promiscuité risquait de se révéler violent. En général, les voyageurs restaient assis et tâchaient de ne pas échanger de regards dans la singulière intimité de l'habitacle. Cette nuit-là, j'étais seule dans le compartiment, et en revenant du wagon-restaurant je songeais que, privée de livre, j'aurais pour toute compagnie celle de la semi-obscurité du dehors et du gin qu'il y avait en moi. Mais je me trompais, car en tirant la porte m'attendait une histoire prête à s'entrelacer avec la mienne.

Deux hommes qui voyageaient ensemble étaient montés à la gare précédente. Installés face à moi, ils me sourirent quand je pénétrai dans la voiture. Je m'interrogeai sur les liens qui les unissaient. Ils étaient trop courtois pour être parents, il s'agissait plus vraisemblablement d'amis, quoique l'un soit beaucoup plus âgé que l'autre. Je discernais entre eux des traces du syndrome qui caractérise les relations de maître à élève. Le plus jeune pouvait être un brillant étudiant de troisième cycle. J'avais déjà connu plusieurs relations fondées sur ce principe irréductible : un homme désireux d'être écouté alors qu'il commence à être dépassé, un garçon rêvant d'intégrer un groupe d'étudiants ayant déjà prouvé leurs talents. Ils étaient américains et parlaient d'un roman, surtout le jeune.

— Je ne crois pas que ton livre se vende uniquement à cause de ce scandale, hasarda celui que j'avais identifié comme étant l'élève. Il se vendait déjà très bien quelques semaines avant la publication de l'article de Donovan Seymour, et puis peu importe la raison, ce qui compte c'est qu'on le lise !

Son compagnon regardait par la fenêtre d'un air mélancolique typique à mon sens de nombreux écrivains incompris. Le manque d'éclairage à l'extérieur ne lui permettait pas de voir autre chose que le reflet de son visage, une image qu'il jugeait peut-être désolante. D'après mes calculs, il avait une soixantaine d'années, mais la tristesse qui se dégageait de lui le faisait paraître plus âgé. Il n'avait pas été sensible aux tentatives d'encouragements de l'élève, et à un moment donné il distingua ses traits vus par mes propres yeux, comme cela arrive lorsqu'on est confronté à un étranger.

On sort de chez soi, on raconte des histoires, on rit et on débouche des bouteilles de vin avec celui qui accepte de les boire avec nous. Ainsi passent les jours jusqu'à ce qu'on surprenne notre reflet dans d'autres yeux. Les regards d'autrui sont des miroirs qu'il ne faut pas mésestimer, une de ces chambres anxiogènes des vieux parcs d'attractions, où des miroirs concaves et convexes renvoient une image de plus en plus distordue. Aucun n'offre un reflet objectif et notre visage n'apparaît jamais, hormis dans une symétrie inversée. Il me sembla que le professeur avait éprouvé un trouble similaire lorsqu'il s'était découvert dans les yeux d'une inconnue.

L'étudiant essayait de le convaincre que, bien qu'assortis de scandales, beaucoup de livres avaient marqué leur époque, et que quelquefois cette reconnaissance s'était opérée *grâce* à ces scandales. J'écoutais la conversation en feignant de lire un magazine que j'avais trouvé dans le compartiment.

— Je me fiche que le livre se vende. Il est englouti par cette soif de ragots, c'est un succès qui surfe sur la vague des *reality shows*. Le roman sera réduit à ça quand les gens auront lu l'article de Donovan Seymour.

Son affliction me paraissait sincère et je me demandai si cet abattement n'était pas plus réel que le rôle d'écrivain effondré qu'il interprétait.

Le jeune homme le regarda, intrigué.

— Mais... c'est vrai ?

— *Qu'est-ce* qui est vrai ? Ce qu'a écrit Seymour dans le *New Yorker* ?

— Oui. J'ai toujours pensé qu'une grande partie de ces accusations étaient inventées. Si oui, on ne peut pas intenter un procès en diffamation ?

Je levais sans cesse les yeux du magazine, c'était plus fort que moi. En percevant l'intérêt que je lui portais, le professeur parut en quelque sorte flatté. Mon regard pourtant timide signifiait que je m'interrogeais quant à la véracité de cette histoire du *New Yorker*. L'élève l'observait dans l'attente d'une réponse et me lançait des coups d'œil pleins de ressentiment ; malgré mon silence, je m'étais immiscée dans leur relation. J'aurais pu les laisser discuter seul à seul sans faire de mystères, mais j'avais commencé à les écouter, or tout le monde sait que les oreilles n'ont pas de paupières et que seul le sommeil interrompt l'audition. Le professeur me regarda droit dans les yeux pour la première fois :

— Et vous ? Vous aimeriez également savoir si ce qu'a écrit Donovan Seymour est vrai ?

Il me tendit une main dans un sourire que je n'eus pas le temps d'analyser.

— Terence Milton, ravi de faire votre connaissance.

Le train avançait dans une obscurité qui n'était jamais tout à fait complète. Au cours de ces trajets j'avais souvent le sentiment que la nuit peinait à remporter la bataille sur le jour, et qu'alors que le soleil aurait dû céder la place aux ténèbres, la lumière menaçait de réapparaître. L'air se composait de particules aqueuses, des traces cent pour cent *ling* de la pluie britannique.

Je me concentrai davantage sur Terence Milton, qu'on surnommait habituellement Terry, m'informa-t-il. Quand il me serra la main, je prêtai attention à sa tenue, un pull vert avec un col en V deux tailles au-dessus de la sienne qui permettait d'entrevoir son torse velu, un pantalon *beige** lui aussi un peu trop grand. C'était un de ces individus incompréhensiblement minces, aux traits maladifs, dont l'aspect malingre semblait provenir d'une faiblesse d'esprit plus que d'une indisposition corporelle.

Le jeune homme avait l'allure d'un étudiant américain venu séjourner un temps en Europe, même si l'île en faisait de moins en moins partie. Il posa sur moi des yeux timides couleur miel et me parla en esquissant un sourire qui dissimulait mal l'agacement que lui inspirait ma présence.

— Je m'appelle Mick Boulder, mais tout le monde dit Bou. Enchanté. J'espère que ça ne vous dérange pas, mais je dois m'entretenir en privé avec mon professeur.

Terry intervint sans me laisser le temps de rétorquer quoi que ce soit. C'était hors de question : nous étions tous les trois dans le même compartiment et ils incluraient leur nouvelle amie dans la discussion. Si Bou espérait obtenir des détails à propos de cette histoire, il devrait me supporter. L'élève remua la tête de droite à gauche et leva les mains en signe de paix, comme on le fait dans les films à l'arrivée de la police.

Que voulions-nous savoir ? Terence m'observait, conscient que le contexte m'échappait.

— J'ai écrit un roman intitulé *Rocco*, m'expliqua-t-il tandis que Bou acquiesçait avec impatience. Quand il est sorti, il a suscité beaucoup d'intérêt, mais uniquement pour ce qu'il révélait ou dissimulait de la réalité. Je ne pensais pas qu'il y aurait autant de retombées, et souvent je m'interroge sur ce qui serait arrivé si je ne l'avais pas publié.

— Quel en est le sujet ? risquai-je.

Apparemment il ne m'entendit pas ou ne daigna pas me répondre, et enchaîna :

— La situation aurait été différente s'il n'y avait pas eu *Rocco*. Mais ceci est valable pour tout, n'est-ce pas ? C'est du moins ce que reflètent d'innombrables comédies et tout autant de drames : que serait-il arrivé si j'avais pris cet ascenseur, si je ne m'étais pas amusé avec la voisine, si j'avais trouvé un taxi au moment où je sortais. Quel en est le sujet ? répéta-t-il à part soi. Le thème de *Rocco* est l'influence exercée par une personne sur une autre. C'est une petite fraction d'existence qui relate un moment trouvé et perdu, comme ce que vit le personnage principal de « L'Éclair », d'Italo Calvino. Vous avez lu ce texte ? Le protagoniste découvre brusquement la sagesse en traversant une rue ; elle lui tombe dessus en un éclair, et cette étincelle de connaissances change en un clin d'œil toute sa perspective, mais il la perd aussitôt. Telle est l'histoire de *Rocco*, le récit de l'instant trouvé et perdu au cours duquel deux personnes se rencontrent. Mais rassurez-vous, *Rocco* n'est pas « L'Éclair » et je n'ai pas la prétention d'être Italo Calvino.

Pendant que Terry reprenait sa respiration, je fis mine de regarder par la fenêtre à l'instant où un train croisait le nôtre, qui trembla.

— Le problème de *Rocco*, poursuivit-il, c'est qu'on l'a considéré comme un roman où se cachaient des vérités sur un jeune homme appelé Hans Haig. Beaucoup de lecteurs l'ont lu ainsi et y ont vu un *roman à clef** détenteur de secrets concernant des personnes réelles. C'est la thèse exposée par Donovan Seymour, le journaliste du *New Yorker*, dans l'article dont parlait mon jeune ami.

Dès qu'il entendit le nom de Hans Haig, Bou s'agita sur son siège et Terry nous regarda tous les deux fixement.

— C'est Mina Lint qui m'a présenté Hans. Tu la connais, Bou, et tu sais que l'été elle organise souvent des soirées dans sa maison de SoHo. Nous vivons à New York, ajouta-t-il à mon intention. Je suis professeur de littérature au Graduate Center et Bou a fait sa thèse sous ma direction.

L'élève confirma ces informations d'un hochement de tête et Terry reprit l'évocation de la rencontre qui était peut-être la base de l'éclair ayant inspiré l'écriture de son roman.

— Oui. Mina aurait pu ne jamais me le présenter, et dans une autre version de l'histoire, c'est assurément ce qui est arrivé, précisa-t-il en haussant les épaules avant de se focaliser de nouveau sur ce qui nous intéressait. Mina Lint… ce nom de chocolat suisse et l'aura mystérieuse qui entoure cette femme nous incitent à imaginer toutes sortes d'origines à son patrimoine qui lui permet de vivre sans soucis et dans l'oisiveté, toujours proche des arts et de la bohème new-yorkaise ; une existence qui sans être ostentatoire coûte une fortune. Moi, je suis admis dans ces cercles en tant que professeur anecdotique, mais elle, c'est une pièce maîtresse du puzzle social qu'elle fréquente. Avec ses longs cheveux roux bouclés et son rire sonore, Mina fait partie des femmes dont la joie est contagieuse. En outre, elle témoigne un intérêt sincère à ceux qui l'entourent, de sorte que nous nous sommes facilement liés d'amitié. Ses trois petits lévriers italiens participaient à part entière à ces fêtes. Ils refusaient toute autre compagnie que la sienne et, comme la plupart de ses convives, ils étaient éblouis par Mina. Ce soir-là, j'étais arrivé tard chez elle, et en me voyant dans l'escalier qui menait à la terrasse, elle s'est approchée de moi en ouvrant les bras, une coupe de champagne dans une main.

À mesure que Terry parlait, j'imaginais la Sylvia de *La Dolce Vita*, et aussi la fiancée de Roger Rabbit, la séduisante Jessica et sa crinière de feu. Des femmes capables d'exercer une fascination par leur simple présence, certainement comme Mina.

— Elle s'est approchée avec un jeune homme que je n'avais jamais vu. Après que nous nous sommes fait la bise, elle nous a présentés : « Terence Milton, un vieil ami que je ne vois pas aussi souvent que je le voudrais ; Hans Haig, une connaissance récente installée depuis peu dans notre ville, que j'espère voir régulièrement. » Hans a souri, il a épousseté des miettes sur le revers de sa veste et m'a tendu la main avec une légère inclination de la tête que j'ai trouvée démodée pour son âge. À vingt ans et des poussières, il portait un parfum capiteux. Mina a mentionné l'exposition d'un photographe qu'on commençait à surnommer le « nouveau Richard Avedon », qui retouchait ses portraits géants en remplaçant les yeux de ses modèles par des hippocampes. L'effet était malsain et la passion de l'artiste pour ces petites créatures tournait à l'obsession, a ajouté Mina avant de balayer les lieux d'un regard indolent. « Il y a un monde fou, non ? La semaine prochaine, je vous ferai signe pour que vous veniez voir l'expo, c'est vraiment malsain », a-t-elle répété en s'éloignant pour saluer d'autres invités. C'est la première exposition à laquelle nous sommes allés tous les trois, précisa-t-il, songeur. En fait, nous n'en n'avons pas vu tant que ça.

Tout en écoutant ses propos, j'aurais aimé avoir une photo de Hans Haig ou de Mina Lint ; il me manquait certains éléments pour bien comprendre l'histoire qui venait à peine de débuter. J'aurais pu m'excuser, aller aux toilettes et chercher sur Internet. J'en aurais profité pour me renseigner sur Terence Milton et le scandale déclenché par la parution de *Rocco*. Mais ça ne me disait rien de quitter le compartiment ; d'un côté j'étais retenue par la lumière orangée qui m'évoquait un feu, de l'autre par le récit qu'on me faisait. Il est vrai que dans la tradition populaire, la chaleur de la cheminée est associée aux veillées au cours desquelles on raconte des histoires.

— Mina a ensuite parlé d'amis qui venaient d'atterrir à LaGuardia et dont les bagages avaient été égarés. Elle regrettait qu'ils ne puissent pas assister à sa fête. Hans nous a raconté que dans cet aéroport il avait assisté à une scène étrange dont l'image ne l'avait pas quitté pendant des mois.

Bou et moi nous regardâmes, pressés de connaître la suite. Terry éclata de rire.

— Mina et moi avons échangé le même regard ce soir-là ! Comme vous, on était suspendus aux lèvres de Hans. Je me rappelle très bien l'expression qu'il a eue à cet instant : ses yeux d'un bleu liquide étaient noyés de larmes qui ne se décidaient pas à tomber et l'obligeaient à cligner davantage des paupières. Plus tard, j'ai appris qu'il réagissait toujours de cette manière quand il était au cœur de l'attention.

Terry s'exprimait lentement, entraînant la réalité de cette soirée dans le présent. En la remémorant, il espérait peut-être que le regard de Hans s'insinuerait dans notre train de nuit.

— Il nous a dit que pendant qu'il attendait sa valise, il avait vu un groupe d'hôtesses de l'air prisonnières au milieu d'un carrousel à bagages. Elles avaient dû monter (mais pourquoi ?) avant qu'il se mette à tourner, et plus tard elles n'avaient pas trouvé le moyen d'enjamber le tapis roulant encombré. Un passager leur avait tendu une main amicale en leur proposant de sauter, un pied en équilibre sur la partie statique, l'autre en avant au-dessus des bagages, mais, connaissant les limites de leur uniforme, elles s'étaient esclaffées à cette idée, refusant de perdre leur prestance et de déchirer leurs jupes, qui étaient pourtant de piètre qualité.

Quand le professeur se tut soudain pour se tourner vers la fenêtre, Bou m'interrogea des yeux, mais je me contentai de hausser les épaules en pointant l'index sur Terry, afin qu'il le tire lui-même de sa rêverie.

— Et pour finir, Hans t'a dit ce qu'ont fait les hôtesses ?

— Pas grand-chose. D'après lui elles se sont résignées à la situation avec humour et elles sont restées au centre du carrousel, du moins jusqu'à ce que sa valise apparaisse. Ensuite il est parti et il n'a jamais su combien de temps avait duré leur mésaventure.

Nous n'avions jamais vu ces hôtesses que nous contemplions tous les trois en imagination. Unis par le récit de Hans que nous avait rapporté Terry, nous les voyions rire, amusées, inexplicablement prises au piège de ce tapis roulant.

— Plus tard, j'ai appris à connaître Hans, dit Terry, mais les premiers mots que j'ai entendus de sa bouche étaient ceux avec lesquels il nous a raconté cette histoire sans grand intérêt, qui m'a cependant diverti. Je l'ai vu sourire, j'ai décelé cet éclat liquide dans ses yeux, et comme vous à présent j'avais envie de continuer à l'écouter.

I

Est-ce un problème si New York a été relatée jusque dans ses moindres recoins ? Les rendez-vous dans des parcs jonchés de feuilles dorées, les images d'une ville couverte d'une épaisse couche de neige et qui regorge de patinoires en plein air, l'acier des ponts qui la traversent sont-ils des sujets éculés ? New York a passé des décennies à jouer son propre rôle, à être à la fois le décor et le héros d'amours, de mystères, d'affaires louches et de rêves avortés. L'argent de la Bourse dans les années 1980, les rencontres fortuites d'anciens amants, les loyers exorbitants. Le cinéma et la littérature ont pressé l'orange de New York et l'ont peut-être asséchée : combien d'employés franchissant des portes à tambour, de promeneurs de chiens sur le point de bousculer une beauté languide et de scènes chaotiques dans l'obscure gare routière de Port Authority ?

Ses quartiers et son niveau de vie, ses tendances politiques, son orientation sexuelle, ses goûts et ses paranoïas sont à l'origine et à la fin d'innombrables histoires : les types sinistres avachis dans les bars miteux du Lower East Side ; la voix contestataire qu'a eue si longtemps Greenwich Village ; la gentrification qui a évincé par la force ceux qui faisaient entendre cette voix ; les entrepôts où on dépeçait des pièces de viande dans le Meatpacking District (aujourd'hui un paysage « indus ») ; les galeries et les studios de Chelsea, désormais inabordables pour les artistes ; les lofts de SoHo ; le vacarme de Wall Street, ses hot dogs minuscules et ses *bretzels* insipides. Central Park au fil des saisons ; l'Upper East Side, feutré et riche d'histoires ; ceux qui les racontent derrière leurs tables de travail dans l'Upper West Side ; Times Square, grotesque à présent. Les *brownstones* de Brooklyn, la renaissance déjà lointaine de Williamsburg, la nostalgie qui se dégage de Coney Island... Façades et intérieurs, cafés et bureaux, terrasses et commerces. La lumière qui s'insinue dans les gares du début du siècle passé. Reste-t-il un peu de jus dans cette orange ?

Nous qui vivons dans cette ville, nous sommes forcément constitués d'une bonne dose de personnages de fiction, et bien que le New-Yorkais veuille se démarquer de l'imagerie urbaine, la tentation de se mettre lui-même en représentation est la plus forte. Le décor précède l'individu, et ce dernier ne peut pas tout ignorer ni faire abstraction des histoires se déroulant dans un cadre qui est bien souvent celui de sa propre maison. Déménager à Bushwick, se faire raser (contre une somme pharaonique) et arborer ses tatouages en marchant au milieu des graffitis avec une décontraction étudiée, c'est interpréter un rôle, car la réalité et sa simulation sont les deux facettes de l'orange new-yorkaise.

Moi, par exemple, je suis également devenu un cliché en m'installant dans cette ville. Je suis arrivé en me berçant de l'illusion d'être un jour écrivain, un cahier et un contrat à durée déterminée dans un petit *college* de Brooklyn sous le bras. J'étais la figure galvaudée de l'auteur raté qui, dans mon cas, n'en était pas vraiment un et n'était pas franchement frustré non plus. Dans une autre ville j'aurais mené une vie anodine, mais là je fais partie d'un montage où on m'a assigné une fonction, une circonstance propice pour s'inscrire dans une histoire.

Dans le grand décor de la ville, j'habitais un petit appartement dans le secteur le moins pittoresque du Village, même si tous ont du cachet. Le *college* me l'avait dégoté à un prix raisonnable car il le sous-louait à un professeur qui passait une année sabbatique quelque part en Asie. J'étais arrivé à New York en mars pour remplacer une enseignante dont le congé de maternité devait durer tout le reste du semestre de printemps et qui se prolongerait jusqu'au semestre d'automne.

On ne peut pas dire que je me sois distingué tout au long de ma carrière, commencée en donnant des cours à l'université de Normal, une localité perdue dans l'État de l'Illinois. J'y ai connu les hivers les plus glaciaux et les plus sombres qu'on puisse imaginer. Je les ai fuis dès que j'ai eu l'occasion de travailler dans un petit *college* privé en Géorgie, où j'avais un salaire légèrement supérieur. Je pensais que je n'aurais pas à supporter l'ombre et le vide la moitié de l'année, mais ça ne s'est révélé juste que pour le manque de luminosité, parce que là encore je me retrouvais au milieu de nulle part, sauf que cette fois le climat était tellement moite que d'avril à novembre il bridait les poumons et le désir de vivre.

Les questions de ceux qui ne tournent pas comme des toupies dans le cirque des postes universitaires sont toujours tendres et exaspérantes : « Pourquoi avez-vous choisi cet endroit ? », « Comment avez-vous pu vous établir dans ce lieu entouré de champs de maïs ? » Il y a si peu de travail dans ce milieu qu'on ne choisit pas, et si d'aventure on le fait, c'est pour quitter ce bazar, sauter de la roue qui vous a précipité d'une plaine froide à un village fantôme et décider de vivre en dehors de cette tour d'ivoire. J'ai exercé mon métier de manière temporaire dans ces deux universités. À la fin de mon second contrat en Géorgie, la directrice du département m'a encouragé à me porter candidat pour le poste que j'occupe encore aujourd'hui ; une de ses anciennes collègues était en congé de maternité et il leur fallait quelqu'un capable de dispenser les cours d'introduction à la littérature américaine. C'était là aussi temporaire, et à New York mes émoluments ne me permettraient guère de faire des folies. Mais je possédais quelques économies et j'avais hâte de quitter le néant du Sud, où proliféraient les valeurs les plus conservatrices et les plus terrifiantes du pays ainsi que d'énormes cafards qui déferlaient des égouts. À New York, je m'épargnerais les premières et aussi les seconds, tout au moins en hiver.

Comme d'autres journées d'été, délivré de mes obligations universitaires jusqu'au mois d'août, j'ai été gagné par la somnolence après avoir passé la matinée à travailler à un article. Les fruits de ces heures d'écriture n'étaient vraiment pas concluants : en me consacrant aux essais académiques, j'évitais de rédiger mes propres histoires, mais très souvent ni les uns ni les autres n'aboutissaient. J'avais mangé des restes de boulettes trouvés dans un des Tupperware au congélateur. Le climatiseur de l'appartement fuyait depuis des jours, et plus il gouttait moins il refroidissait, au point que mon salon-cuisine était envahi de seaux qui se remplissaient à une vitesse record ; si je voulais rester chez moi, je devais passer l'essentiel de mon temps à les vider sans profiter d'une température agréable. C'est donc la chaleur qui m'a poussé dehors ce fameux après-midi de juillet. J'ai éteint l'appareil et me suis mis en quête d'un lieu où j'arrêterais de suer et me tirerais de ma léthargie.

Et c'est ainsi que je suis arrivé au Timbernotes, un établissement situé dans une cave, à SoHo, où plusieurs verres débordant de glaçons étaient disposés sur les tables. Je me suis assis, et en attendant mon thé glacé j'ai remarqué qu'au bar un jeune homme aux yeux très clairs qui portait un blouson en cuir me regardait avec curiosité et pitié. Par cette chaleur, sa tenue m'a intrigué. Il y avait un sac à ses pieds et sur son tabouret, dos au comptoir, il adoptait une attitude distraite, comme s'il se trouvait dans un véritable tripot et feignait de vouloir oublier certaines (et nombreuses) scènes. Je suppose que la pitié que j'avais perçue chez lui était due au fait que j'avais l'air engourdi et en nage ; quant à sa curiosité, je ne me suis pas risqué à l'interpréter, mais peut-être s'ennuyait-il. J'avais pris mon carnet de notes, et quand je me suis ressaisi je l'ai ouvert pour relire ce que j'y avais écrit.

La curiosité du garçon semblait décuplée ; quand il se retournait, ça ne durait que quelques secondes, puis il se reconcentrait aussitôt sur moi. Il m'observait à la manière d'un enfant qui cherche à distinguer quelque chose. Qu'aurait-il vu si j'avais été plus près de lui ? Une histoire personnelle sans grand intérêt : ma relation anodine avec Cynthia et son dénouement insignifiant. Amis, amants, tous avaient une vie dans laquelle j'avais été incapable de me faire une place.

Des propos que m'avait tenus Maddie, mon amie intime lorsque j'étais étudiant, me sont alors revenus en mémoire. Sans crier gare, elle avait épousé un homme plus âgé qu'elle qui travaillait à Boston. Cela faisait des années que je ne l'avais pas vue. La dernière fois, elle m'avait appris qu'elle et son mari s'étaient acheté une maison dans l'île de Martha's Vineyard ; elle y passait le plus clair de son temps pendant qu'il s'enrichissait et vieillissait à Boston. C'était une résidence d'été, mais Maddie avait décidé de s'y installer toute l'année. Elle avait trop de chambres pour elle seule et rêvait de transformer cette demeure en petit hôtel qu'elle dirigerait sans l'aide de personne, partageant l'espace avec ses clients. J'avais du mal à l'imaginer préparer les petits déjeuners et supporter les caprices de ses hôtes, qu'elle finirait par considérer comme des intrus. Peut-être n'était-elle plus telle que je me la représentais, mais dans mon souvenir elle m'apparaissait sous les traits d'une personne en état de grâce qui attire l'attention de tous.

Conscience de cette qualité, elle avait été bouleversée par ce qui était survenu au cours d'une nuit glaciale. Elle me raconta que lors d'un séjour à Fairbanks, en Alaska, elle était entrée dans un restaurant, et tout en secouant la neige sous ses bottes sur le pas de la porte, dans l'attente qu'on vienne l'accueillir, elle s'était aperçue que personne n'avait remarqué qu'elle était frigorifiée et avait les joues rougies. Elle me dit qu'elle était ressortie, avait remis son bonnet et ses gants, avait marché dans la neige, décidée à pénétrer de nouveau dans l'établissement pour signifier à grand renfort de gestes qu'elle avait froid, saluer la clientèle d'une voix claire et adresser un franc sourire à la cantonade, ce sourire irrésistible qui, ce jour-là, avait laissé tout le monde de marbre. Elle toussota, passa une main dans ses cheveux et fit mine de caresser l'énorme saint-bernard qui sommeillait près de la cheminée. Alors le patron se retourna et le serveur leva les yeux, ce qui incita certains clients au comptoir à pivoter et à répondre à son sourire. Maddie m'avait fait part de son malaise un soir où nous avions échangé des confidences autour d'une tequila. Elle espérait que cette situation ne se reproduirait pas tant qu'elle était encore jeune, et ajouta que les années passant, l'idée de ne plus être une femme qu'on regarde la remplissait d'angoisse. De quoi dépendait son état de grâce ? Elle s'était toujours vue à travers les yeux des autres et ignorait comment elle serait si ces regards disparaissaient. Contrairement à Maddie, la seule image que j'avais de moi était celle que je m'étais faite. Je ne me rappelais pas la dernière fois que des yeux étonnés s'étaient posés sur moi, comme si l'esprit caché dans mon corps de statue inachevée pouvait être utile à quelque chose. Pendant une courte période, Maddie m'avait observé avec intérêt, puis elle avait détourné le regard avant que je m'y sois habitué.

L'après-midi soporifique où j'avais été tellement surpris qu'un inconnu me dévisage depuis le bar, je m'étais dit que les yeux d'autrui s'étaient toujours posés de la sorte sur Maddie dès qu'elle franchissait une porte, hormis cette nuit glaciale, à Fairbanks, et sans doute à d'autres moments dont je n'ai pas eu connaissance.

Tandis que je me remémorais l'anecdote et me demandais si elle avait ouvert son hôtel dans sa maison de vacances, l'homme qui me scrutait s'est approché de moi et a pris une chaise en haussant les sourcils. De la main je lui ai fait signe de s'asseoir. « La place est libre », lui ai-je dit. Il a souri et j'ai entendu sa voix : « Je suis désolé d'être aussi direct et de venir vous déranger. » Je lui rappelais trait pour trait une personne qu'il avait connue autrefois, m'a-t-il expliqué, mais en me voyant de plus près, il se rendait compte que la ressemblance n'était pas si criante.

Il souriait toujours, nous nous observions et j'ai supposé qu'il se rappelait cette personne pendant que je songeais à Maddie. Mon verre de thé glacé ne contenait plus de thé, mais il était encore rempli de glaçons et avait laissé une marque ronde sur la table. Rocco l'a essuyée d'une main qu'il a ensuite frottée, mouillée, contre sa nuque.

Je n'avais jamais engagé de conversation avec qui que ce soit pendant mes trajets en train. En général, je lisais et piquais du nez, dans un état limitrophe entre le sommeil et la veille, n'ayant qu'à moitié conscience de la vitesse du voyage. Mais cette nuit-là, ni la vitesse du train ni l'impression que quelque chose était sur le point de survenir ne m'avaient échappé.

Terry ayant faim, nous nous dirigeâmes vers le wagon-restaurant. Deux serveurs étaient assis à une table, absorbés par leurs portables. Les autres étaient vides, hormis celle la plus à l'écart, où un homme comptait des billets posés sur ses genoux. La lumière était trop tamisée pour qu'on croie le bar encore ouvert, pas assez pour qu'on l'imagine déjà fermé. L'un des serveurs, que j'avais vu auparavant, s'est levé pour nous accueillir. En dépit des apparences, le restaurant de cette voiture digne d'un tableau de Hopper était en état de fonctionner.

Parmi les trois plats, nous choisîmes celui à base de viande. Le poisson ne nous inspirait pas confiance et nous n'avions pas compris en quoi consistait l'assiette végétarienne. Nous commandâmes une bouteille de vin. Tout arriva rapidement, mais froid. Sans doute préparés à l'avance, ces plats évoquaient la malbouffe. Terry avait changé d'humeur et était plus animé, peut-être se réjouissait-il plus que moi d'avoir de la compagnie. Le récit qu'il nous avait fait de sa rencontre avec Hans avait modifié la première impression que j'avais eue de lui, effaçant le cliché de l'écrivain abattu. Ayant du mal à mâcher cette viande tiédasse, nous buvions vite et mangions lentement.

Avant de monter en voiture au terme d'une courte visite de la ville du nord de l'île où le train marquait son seul arrêt, ils m'apprirent qu'ils étaient allés à Paris, où Terry avait présenté son livre dans sa traduction française. À Édimbourg, ils étaient invités par l'université pour donner la conférence plénière et inaugurale d'un congrès sur le mélange des genres littéraires. Elle s'intitulait : « Au-delà de soi-même : les limites de l'autobiographie et de l'autofiction. »

— Qu'on m'ait demandé de venir faire cette allocution est paradoxal, déclara Terry. On m'a invité avant la publication de *Rocco*, mais maintenant toute la salle considérera le titre comme un clin d'œil à mon roman. « Au-delà de soi-même », par Terence Milton... C'est vraiment très inapproprié, quel manque de discernement ! pensera-t-on en se disant qu'il aurait été préférable que je ne sorte jamais de moi-même, que je reste tout au fond de mon être, là où mes histoires n'auraient éclaboussé personne.

— Vous avez bien connu Hans ? aventurai-je.

— Pas autant que je l'aurais voulu. Si je pouvais revenir en arrière, j'aurais passé plus de temps avec lui sans songer au personnage de Rocco, auquel je me suis empressé de travailler... J'ai connu Hans, oui, mais moins que je l'imaginais, c'est certain.

Tout en parlant il considérait la table d'un air affligé. Je n'osai pas lui demander plus de détails. À cet instant le train ralentit et un coup de frein l'arracha à son passé. Il nous servit les trois derniers verres, s'affaissa contre le dossier de sa chaise et m'observa.

— Et vous ? Qu'est-ce qui vous a amenée au Royaume-Uni ?

Je lui expliquai un peu mon travail à WorldTrans. Oui, je connaissais Londres parce que j'y avais vécu auparavant. Non, je n'y avais gardé aucun ami et j'ignorais si je retournerais en Espagne. En effet, après le confinement j'avais eu envie de me réinstaller à l'étranger.

Je regardai Bou et compris que ma présence avait non seulement brisé leur intimité, mais qu'elle retardait le récit de son ancien professeur. Terry continua néanmoins à m'interroger, désireux d'acquiescer et de me dispenser des conseils. Il se projetait entièrement en dehors de lui-même. Il est possible que la solitude ait intensifié son sentiment de tristesse et d'inutilité, raison pour laquelle il était professeur, donnait des conférences et lisait son livre à voix haute.

— Avant la pandémie j'étais en couple, mais nous avons rompu, alors quand nous avons de nouveau pu voyager, j'ai voulu changer d'air. J'ai trouvé ce travail à Londres et j'ai quitté Madrid.

— Et Édimbourg ?

— Je passe cinq jours par mois avec l'équipe du bureau écossais. Depuis que j'ai décroché ce poste, j'y vais la dernière semaine de chaque mois. C'est dans mon contrat.

— Quelle plaie ! Vous n'en avez pas assez de faire ce voyage ?

Terry était de ces gens qui tendent à poser les questions à la forme négative. « Vous n'allez pas bien ? », « Tu aurais préféré que je n'aborde pas ce sujet ? », « Je parie que tu ne t'attendais pas à ça, n'est-ce pas ? » Cette façon de procéder présuppose que l'autre est contrarié. En général, les adeptes de ces formulations ne s'attendent pas à recevoir une réponse contraire à celle qu'ils tentent de provoquer : « Si, si, je vais bien », « Mais non, ça ne me dérange pas du tout que tu me parles de ça. » « Tu es sûr ? J'avais l'impression que ça t'avait affecté... ». Tout le monde peut y recourir, mais en principe celui qui pratique l'interrogation négative est un homme convaincu d'une part qu'il perçoit avec sensibilité ce qu'autrui ne voit pas, et de l'autre qu'il est capable de soulager le malaise de celui à qui il a envie de tirer les vers du nez.

— En fait ce n'est pas si fatigant. J'aime bien la routine de cette semaine loin de Londres. Et j'en profite pour découvrir peu à peu Édimbourg.

Toute histoire recèle davantage d'informations cachées que de révélations, et le résumé expéditif de mon séjour britannique ne faisait qu'en effleurer la surface. Relater consiste toujours à se taire. Que me taisaient Terry et Bou ? Qui étaient-ils derrière les apparences ?

L'époque où professeurs et élèves sortaient ensemble et se mariaient à la fin du cursus était révolue. On a fixé des règles concernant les rapports entre les gens qui ont un pouvoir de décision et ceux visés par ces décisions. Mais toute relation n'est-elle pas une prise de responsabilité vis-à-vis d'une personne ? N'y a-t-il pas toujours quelqu'un qui a la possibilité de détruire l'autre ? Ne sommes-nous pas tous cet individu ? Daniel et moi n'étions pas dans la même faculté. J'aurais pu le rencontrer dans un bar et me rendre compte que, comme par hasard, il enseignait dans une immense université où j'effectuais des recherches dans une autre discipline. Nous aurions pu être deux étrangers sans autre lien que celui, fortuit, entre un professeur et une élève. Et dans un cas de figure différent (en l'occurrence le nôtre), l'élève en master (moi) était en communication constante avec un ami intime de Daniel.

Nous nous étions rencontrés de manière fortuite après l'accident de mon professeur et directeur de mémoire, Arturo Belando, avec qui je m'entretenais une fois par semaine pour parler de la progression de mon travail. Ce jour-là, il était en retard et m'avait téléphoné pour me prévenir. Quand le conducteur d'une décapotable l'avait percuté, j'étais la dernière personne dont il avait composé le numéro, de sorte que les infirmières m'appelèrent pour me fournir des informations qui ne me concernaient pas mais qui, par le fait du hasard, s'inscrivirent dans mon histoire. Je me dirigeai vers l'hôpital sans savoir qui contacter, moi qui ne connaissais ni ses amis ni ses parents, j'ignorais même s'il en avait. Jusqu'alors, Belando et moi nous étions bornés à des rapports cordiaux fondés sur le respect mutuel et relatif à mes études. Mais en arrivant dans sa chambre après l'accident, je sentis que je m'immisçais dans sa vie d'une manière qu'il n'aurait pas tolérée s'il avait eu tous ses esprits.

Mon mémoire était à la fois théorique et pratique : je devais traduire en espagnol une sélection de poèmes modernistes américains, puis commenter mes choix, autrement dit les assortir d'une réflexion sur les tournures linguistiques et les défis représentés par les images, les omissions, la rime et la cadence des vers de Robert Frost, William Carlos Williams, Hilda Doolittle, Sylvia Plath, e.e. cummings et d'autres. L'idée était de me confronter à ces vers, de rendre leur rythme et leur beauté en castillan et d'analyser ce qui s'était perdu, ce que j'avais gagné ou altéré dans la version dans ma langue maternelle. Certains poèmes étaient déjà traduits, d'autres non ; je comparais les traductions existantes avec la mienne et justifiais mes décisions linguistiques par rapport à celles adoptées par mes prédécesseurs.

Après ce master je me suis attelée à d'autres traductions de nature plus technique, des commandes que j'oubliais aussi vite que je les honorais. Ces poèmes, en revanche, sont devenus une sorte de filtre lyrique au travers duquel contempler la réalité.

Au cours de mes années d'études, j'avais noué des liens étroits avec certains professeurs. Il est difficile de ne pas se sentir élu quand quelqu'un vous distingue dans la foule. Mais lorsque ces amitiés naissantes s'affirmaient davantage, je devinais l'ennui de ces enseignants qui se lassaient des élèves avides de poursuivre leur apprentissage en dehors des amphithéâtres. Et s'ils ne s'ennuyaient pas c'était pire, car ils se comportaient comme s'ils éprouvaient le besoin d'être constamment écoutés. Quoi qu'il en soit, l'équilibre de ces liens délicats manquait toujours de se briser.

Le professeur Belando était un grand traducteur doublé d'un merveilleux enseignant, si passionné par les textes qu'il était malaisé de concevoir d'autres facettes de sa vie. J'ignore s'il était un grand ami ou un amant généreux, je sais simplement qu'il était d'une timidité maladive et que son existence semblait entièrement tournée vers ses recherches. C'est en partie pour cela que je l'avais choisi pour superviser mon mémoire : il était brillant mais également réservé et solitaire.

Il était à l'hôpital depuis un mois quand je passai le voir un après-midi de septembre, peu avant qu'on signe son autorisation de sortie. Je lui avais souvent rendu visite au fil de ces quatre semaines qui virent notre relation tout en pudeur se renforcer. Nous nous contentions de parler de mes maigres progrès, mais écouter ses propos pendant qu'il buvait du jus d'ananas dans son lit teintait ces scènes de familiarité.

Le dernier jour, je fis la connaissance de Daniel, que je vis d'abord de dos en m'approchant de la porte semi-vitrée de la chambre. Il était assis devant le lit d'Arturo, chemise aux manches retroussées, son large cou brun incliné vers l'avant. Il gesticulait, évoquait ou mimait à son ami une scène du passé. J'entendis Arturo éclater de rire. Quand je franchis le seuil, Daniel se retourna, et dans son regard je décelai une interrogation et un sourire. Je m'excusai de les interrompre, ils me prièrent d'entrer, nous parlâmes de l'amélioration de l'état d'Arturo, de son retour chez lui le lendemain, et quand je repris l'ascenseur, je n'étais pas seule. Daniel avait quitté la chambre avec moi. Dès que les portes de l'hôpital se furent refermées derrière nous, il me proposa d'aller boire un verre à une terrasse non loin de là.

Il vivait à Madrid depuis des années mais était originaire de Buenos Aires. C'était un homme séduisant et loquace, intelligent, au sens de l'humour corrosif et autocentré, qui s'intéressait aux autres de manière assez superficielle. Je le soupçonnais d'être un hyperactif. Il aurait été un excellent commercial qui aurait pu vendre n'importe quoi, sachant que parfois il faisait l'article de sa propre personne, de son appétit de vie et de ses intérêts. Amis d'enfance, lui et Belando avaient grandi dans la capitale argentine, où le père d'Arturo avait été muté plus de trente ans auparavant. Ils n'avaient rien en commun, comme c'est souvent le cas dans les amitiés de prime jeunesse : on noue dans l'enfance des liens avec des personnes qu'on aurait probablement détestées à l'âge adulte, mais qui font partie de notre histoire.

Dans un premier temps, Daniel et moi n'avions rien à cacher. Il était professeur au département de botanique de la faculté de biologie, je terminais un master en philologie anglaise et en traduction. Nous avions à peine dix ans de différence, mais Arturo souhaitait qu'on reste discrets. Il était le lien qui nous rattachait l'un à l'autre, car notre idylle révélait aussi sur son compte des choses qu'il aurait préféré ne pas aborder. J'étais son étudiante, j'étais arrivée jusqu'à lui pour suivre un apprentissage sous sa tutelle, il se sentait donc responsable de moi dans ces conditions, puis son ami s'était dressé sur mon chemin. Sans Arturo il ne se serait rien passé, mais ce n'était plus son affaire. Il avait beau peser ses mots, il condamnait l'intromission de Daniel, son audace, la façon dont il se débrouillait immanquablement pour satisfaire ses besoins.

À cette période j'étais un de ses besoins pressants. Je n'ai pas tardé à passer la plupart de mes nuits dans son petit appartement du quartier de Malasaña où, le balcon ouvert, nous discutions jusqu'au petit matin au milieu des vinyles, des verres et des sous-vêtements éparpillés par terre. Je conserve ces images comme des instantanés. C'est peut-être ma mémoire qui les invente, toujours est-il que je nous vois côte à côte, comme si j'étais un œil extérieur bénéficiant d'une vue panoramique. Un moment de bonheur sous une perspective impossible, qui s'effrite si on le touche.

Daniel se sentait-il plus responsable de moi parce que j'étais plus jeune ? Que j'étais l'étudiante et lui le professeur, même si je n'étais pas *son* étudiante ni lui *mon* professeur ?

Je n'avais pas entièrement révélé cette histoire à mes compagnons de voyage. Terry avait à peine modifié son demi-sourire, comme pour m'amener à comprendre que le sujet de mon récit était le plus vieux du monde, que toutes ces choses étaient déjà arrivées bien avant, peut-être même à lui, au fil des vies multiples qu'il avait menées.

— J'ai toujours eu la conviction que les relations se composent d'un individu qui désire quelque chose et d'un autre qui tarde à le lui accorder. Tout dépend de ce délai ; la corde tendue peut se relâcher ou se rompre si on n'évalue pas correctement la traction à exercer, décréta-t-il sans me regarder, et j'eus la conviction qu'il parlait de lui.

Il est vrai que j'attendais beaucoup de Daniel. Et je crois qu'un voyage prématuré a trop tendu la corde. Un train. Un avion. Quand on se déplace, tout s'accélère pour adopter la vitesse du trajet. Quelle que soit la destination, et bien que certains nous précipitent davantage dans l'abîme.

Daniel étudiait deux espèces d'arbres endémiques présentes sur l'île de Socotra, située au sud-est du Yémen.

Que s'attend à voir le voyageur qui arrive dans un des lieux les plus improbables de la planète ? Une version terrestre de l'Éden ? Un paradis échappant aux règles du continent ? Cette île que la mer embrasse est le point culminant de la rencontre entre la beauté et l'inclémence, un territoire imaginé par un fou doté d'une conscience esthétique. Les îles sont « l'espace paradisiaque réservé aux chanceux et aux bienheureux », mais comme l'a dit Gertrude Stein à Robert Graves, le paradis peut aussi se révéler insupportable. « Les îles ne sont-elles pas, de même que la Schérie des Phéaciens, des endroits où le voyageur ne doit pas s'attarder plus que de raison s'il veut les conserver à jamais dans sa mémoire comme des contrées idéales ? » Je me suis souvent demandé si notre histoire aurait été différente si j'étais restée juste le temps nécessaire et si j'avais utilisé les mots adéquats, mais on s'éternise toujours, et à force de chercher le mot juste on finit par dire celui de trop.

Socotra est une île au terrain pierreux aussi rugueux que prodigieux, que le bienheureux qui débarque sur ses côtes ne peut ignorer, comme quand on est incapable de détourner le regard du soleil en sachant parfaitement qu'on risque d'y laisser sa rétine, tant sa beauté est sublime, presque pernicieuse.

On peut s'interroger sur ce qui avait poussé Daniel vers cette île et ce qui l'avait décidé à se spécialiser dans sa flore. Mais comment un herpétologiste belge en vient-il à se passionner pour un lézard dont le seul habitat est un pic rocheux des Açores qu'il faut escalader pour y accéder ; pourquoi un philosophe tchèque se consacre-t-il à l'étude des nuances du terme grec *physis* dans les dialogues de Platon ; qu'est-ce qui incite une historienne de l'art suédoise à devenir incollable sur les éléments baroques de l'architecture moderniste italienne, ou une archéologue argentine à analyser dans ses moindres détails la culture chalcolithique de Los Millares ? Le monde universitaire regorge de fous férus de sujets si pointus qu'il semble impossible qu'ils ne soient pas les uniques experts dans leur domaine. Combien de collègues se disputent-ils le même terrain d'investigation ? Ils sont en réalité nombreux, et de multiples autres fous se penchent sur le lézard de l'îlot rocheux, la nature de l'univers platonicien, la même petite bricole baroque et les gisements arides d'Almería.

Daniel décrivait ces arbres avec un enthousiasme magnétique ; il agitait ses bras puissants en relatant ses péripéties dans l'île. Je n'avais aucun mal à l'imaginer se mettre d'accord avec un Soqotri pour qu'il l'emmène dans les montagnes de granit, sur les plateaux de calcaire, dans les étendues préhistoriques parsemées d'arbres extraterrestres ; je le voyais entamer avec cet homme une conversation qui se changeait en une amitié fondée sur une admiration mutuelle. Saleh avait été son guide lors de ses voyages précédents et il le fut aussi en février 2020, lorsque je les accompagnai.

Le nom original de Socotra vient du sanscrit *Dvipa Sukhadhara*, qui signifie « l'île de la félicité » ; on a du reste souvent dit que les îles sont des lieux propices au bonheur, des enclaves lointaines entourées de mythes et de légendes concernant les influences magiques de leur flore encore intacte. C'était le cas de l'arbre-concombre (*Dendrosicyos socotrana*) et du dragonnier de Socotra (*Dracaena cinnabari*) que Daniel étudiait. On raconte que l'épaisse résine rouge de ce dernier est apparue après qu'on eut tué un dragon dont le sang s'était répandu partout et était resté sous la surface inébranlable de l'île.

Rares étaient les experts qui abordaient les côtes de Socotra pour s'intéresser à ces arbres de contes de fées. Atteindre l'île était devenu une odyssée aux innombrables visas et aux obstacles bureaucratiques dont la logistique s'était compliquée depuis le début de la guerre civile au Yémen, en 2014. Le conflit et le changement climatique avaient causé des ravages en terre soqotri. À l'époque, le tourisme était quasi inexistant ; seules quelques missions humanitaires obtenaient des permis, mais celle où œuvrait Daniel n'en avait décroché aucun. Compte tenu de son accès difficile pour des raisons géopolitiques, l'île stagnait économiquement, ses habitants étaient privés d'eau et d'un système de santé et d'éducation satisfaisant. Les personnes en quête d'un paradis sont gênées de constater ce genre de pénuries qu'ils préfèrent ignorer.

L'île refusait vaille que vaille de recevoir des visiteurs, raison pour laquelle, quand l'organisation Solidaires sans frontières délivra une autorisation spéciale à Daniel en qualité de botaniste, il n'hésita pas à repousser tous ses travaux en cours pour se rendre à Socotra. Deux semaines avant son départ, on lui apprit qu'un des assistants s'était désisté. Remplacer cette personne par une autre était plus simple que d'obtenir de nouveaux permis. Pouvait-il indiquer à l'organisation quelqu'un à même de remplir cette fonction, à savoir passer des heures sous un soleil de plomb pour recueillir des échantillons en étant privé d'eau courante ? Il me le proposa un dimanche après-midi de janvier, alors que je rédigeais un chapitre de mon mémoire.

Jules Renard disait que la vie est courte mais que l'ennui l'allonge. Et les après-midi dominicaux qui s'étirent devant ceux qui redoutent l'arrivée du lundi s'ancrent dans l'imaginaire lié à l'ennui le plus tenace. Allais-je me contenter d'expérimenter la nature à travers des descriptions poétiques ou me confronter à sa dureté et à sa fugacité ? Combien de temps durerait l'étape dorée de notre idylle ? Quand notre Éden ferait-il naufrage ?

Nature's first green is gold,
Her hardest hue to hold.
Her early leaf's a flower ;
But only so an hour.
Then leaf subsides to leaf.
So Eden sank to grief,
So dawn goes down to day.
Nothing gold can stay.

Le premier vert de Nature est doré,
Son teint le plus difficile à garder.
Son feuillage neuf est comme une fleur ;
Mais n'est ainsi que pour une heure.
Puis le feuillage s'estompe en feuillage.
Ainsi fit l'Éden en la peine naufrage,
Ainsi décline en jour l'aurore.
Rien ne peut demeurer d'or[2].

Avant cette nuit en train je n'avais touché mot à personne de Socotra. Tout ce que j'avais intercalé entre les faits et le récit que j'en fis (le temps, l'espace) se comprima dès l'instant où j'évoquai cette histoire en la revivant, à

2. Robert Frost, *Les Forts ne disent rien et autres poèmes*, éd. Ressouvenances, 2018, traduction de Claude Neuman (toutes les notes sont de la traductrice).

croire que je n'étais ni dans un train ni dans le présent. Il est vrai que tous les maux ressurgissent : ce qui dans mon souvenir était impalpable, le spectre d'un passé inaudible, s'installa à cet instant dans un espace constitué de mots tangibles. Je convoquai des formes impossibles, des légendes de djinns qui prenaient l'apparence d'une plante endémique. Il ne fallait pas les déranger après leur arrivée dans la plus improbable de mes vies.

Que se serait-il passé pendant ces semaines à Socotra si je n'avais pas fantasmé des scènes de communion entre Daniel et moi, entre nous deux et le paradis terrestre ? La part la plus superstitieuse de l'intuition nous avertit que la réalité ne sera probablement pas en mesure de reproduire une situation issue de l'imagination. J'ai donc la certitude qu'il vaut mieux éviter d'anticiper le meilleur scénario, qui aura peut-être ainsi une chance de se concrétiser. Il est préférable de se représenter les pires hypothèses afin de les faire fuir.

Ce furent des jours d'épuisement et de saleté. Nous mangions mal et nous nous disputions. Je n'excellais ni en tant qu'assistante ni en tant qu'amante vorace, et je ne savais plus comment flatter son ego. Je nous revois traversant les montagnes de granit, chargés de notre barda, des appareils photo et de notre matériel de camping, tout cela sur notre dos dans un silence aride et rocailleux. Daniel percevait mon agacement, celui de quelqu'un qui sait qu'il gêne et n'est pas fait pour ce genre d'existence. Rien ne se passait comme prévu, il se montrait de plus en plus irascible ; parfois nous mettions trop longtemps à atteindre une destination, et quand nous accédions au but, nous étions en nage, trempés d'une sueur qui ne nous avait pas quittés depuis que nous avions pénétré dans l'atmosphère de cette île poreuse, et le désir que Daniel avait eu de me faire participer à l'aventure s'évacuait par les minuscules orifices de ce paysage.

Je découvris ce que j'aurais déjà dû savoir : Socotra n'était pas un décor de fiction et Daniel n'avait rien d'un personnage romanesque ; tous deux s'inscrivaient au contraire dans la réalité, or ce qui ne relève pas de la chimère est difficile à admettre, d'autant plus quand c'est retentissant ou rude, sec et contondant.

Je me gardai de dissimuler ces détails à Terry et à Bou, pourtant je conservai quelques secrets. Des moments d'harmonie me revinrent tandis que je me remémorais ces journées pas si lointaines. J'avais chassé de mon esprit les scènes idylliques qui avaient cependant existé et me revinrent contre toute attente : le plaisir des jours où les nuages nous offraient une trêve sans soleil, les après-midi liquides où la texture de la mer ne présentait guère de différence avec celle de l'atmosphère. Nous entrions dans l'eau en ayant l'impression de ne pas changer d'élément et d'être entourés d'un air à la fois plus visqueux et plus léger. Nous étions des bulles flottant à la surface d'une mer profonde.

— Ça t'embête si je cherche cette île sur une carte ? me demanda Bou, son téléphone à la main.

Quel aspect revêtait cette côte infinie dans l'esprit de mes compagnons de voyage ? Bou montra son écran à Terry, qui l'ignora et se tourna vers moi.

— Comment as-tu pu aller au bout du monde avec ton petit ami sans savoir dans quelle galère tu t'embarquais ? Une île au milieu de nulle part ! s'exclama-t-il en me tutoyant. Qu'aurais-tu fait si tu étais tombée malade ou si tu t'étais foulé la cheville ? Apparemment tu as eu de la chance et c'est tant mieux ! Enfin... que vous est-il arrivé sur cette île ?

Il nous était arrivé que nous courions après un délire. Et aussi qu'au milieu de la nuit Daniel était sorti discrètement de la tente pour se diriger vers la capitale, m'abandonnant devant une plage immense sur laquelle déferlait l'océan Indien.

II

Quand Rocco s'est rapproché de moi il m'a paru extrêmement jeune.

— Tu bois du thé glacé ? m'a-t-il demandé en esquissant une moue dégoûtée. Je vais te commander un Long Island Ice Tea, la seule façon acceptable d'avaler ce breuvage !

Il avait prononcé ces mots avec enthousiasme, comme la plupart des jeunes gens lorsqu'ils parlent d'alcool, des restes de l'époque encore récente où ils n'avaient pas le droit d'en boire. Le mélange explosif de ce cocktail risquait d'intensifier mon coup de barre du soir, mais j'ai accepté.

À la perspective de l'ivresse à venir, il a porté un toast imaginaire en mon honneur, mais il avait oublié mon prénom, que j'ai dû lui répéter à son grand soulagement, car il n'aimait pas trinquer avec des inconnus.

Il m'a dit qu'il avait vingt-deux ans et ne se rappelait plus à quand remontait son installation à New York. Il m'a posé plus de questions qu'il ne m'a fourni de renseignements sur lui. Ma vie était si monotone que je n'avais pas grand-chose à raconter : j'essayais d'écrire dans la journée, et le soir, je dînais seul chez moi, en général des céréales devant l'ordinateur ; les quelques témoins de mon existence étaient les animaux publicitaires des paquets de blé soufflé : des tigres souriants prêts à disputer une compétition ou des singes ambitieux suspendus à des lianes sans avoir le vertige. Des nuits avec pour toute compagnie des grains traités et une lumière bleue.

Tandis qu'on nous servait d'autres Long Islands, Rocco m'a interrogé sur mon passé. Je lui ai parlé de Cynthia, de notre trop longue relation et de l'avenir incertain de notre couple. Je crois aussi avoir évoqué Maddie, qui revenait toujours. Maddie et sa vie, dont j'étais de moins en moins informé.

Rocco avait l'air d'une page blanche, une personne avide d'apprendre sans se répandre : il orientait la conversation et me poussait à lui faire des confidences, mais ne partageait rien le concernant. Il semblait vivre dans cette ville sans être victime de son décor romanesque. Ses yeux donnaient l'impression d'être les deux fenêtres d'un intérieur diaphane, sans fioritures ni échafaudages. Ils se posaient sur autrui avec légèreté, sans rien meubler, aussi sobres que les premiers appartements qu'on occupe.

À mesure que le soleil déclinait, d'autres Long Islands se sont alignés devant nous. Quand j'ai fait mine de consulter l'heure, nous nous étions déplacés un peu plus au nord et installés à une grande table de la Bond Street Brewery, entourés d'un groupe de jeunes bruyants qui fêtaient un enterrement de vie de garçon. Comme bien souvent au cours des nuits blanches, nous étions tour à tour rejoints ou quittés par des individus que nous perdions ensuite de vue. Rocco racontait des histoires sans grand intérêt, mais il avait le don de captiver son auditoire.

Assis sur le plateau de la table, les pieds sur le tabouret, il a commencé par parler de Mercury Bragg, le célèbre acteur comique d'Hollywood, dont le physique ingrat l'avait privé d'honneurs bien mérités. « Il n'est pas vraiment drôle, il est juste très laid », disait-on de lui, et ses traits disgracieux lui avaient coûté sa popularité.

La mère de Rocco était costumière de cinéma, et lors d'un de ses déplacements professionnels, le garçon avait rencontré le fameux Bragg. Entre autres excentricités, il possédait un furet baptisé Miffy, qui avec son museau pointu et son air effarouché se promenait frénétiquement sur le plateau. Comme c'est souvent le cas chez les comiques, Bragg n'avait que très peu d'humour en dehors de l'écran. En constatant que les personnes chargées de veiller sur Miffy ne s'étaient pas présentées, il piqua une colère, refusant de confier la petite bête à des gens qui n'avaient pas la délicatesse requise pour cette tâche. Les membres de l'équipe comprirent que nul ne pourrait travailler tant que le furet ne serait pas entre de bonnes mains. Le petit Rocco, las d'attendre sous les projecteurs, proposa son aide et Bragg accepta, conscient que le garçon ne faisait pas cela pour la gloire ou l'argent, mais parce qu'il se sentait désœuvré et qu'il avait besoin de compagnie.

Des années plus tard, Rocco m'a dit avoir vu une interview où on demandait à Bragg s'il avait eu des animaux de compagnie, et l'acteur avait répondu qu'il avait grandi avec un labrador, mais qu'ensuite il avait manqué de temps. Rocco s'étonnait qu'il ait oublié de mentionner le furet qu'il aimait tant. Avait-il honte ? Rocco avait changé de chaîne et retiré la sympathie qu'il avait témoignée en silence au comique dans son enfance.

Je l'ignorais encore, mais la plupart des récits de Rocco arrivaient comme un cheveu sur la soupe, sans grand rapport avec les conversations en cours. J'ai toujours craint que les auteurs d'anecdotes de ce type ne fuient une histoire qu'ils ne désirent pas évoquer.

À un moment donné, j'ai ressenti la faim vorace consécutive à une ingestion massive d'alcool. Nous nous sommes dirigés vers l'est jusqu'à Il Trucco, un petit restaurant qui avait fréquemment servi de décor de cinéma. Dans les rues voisines de Bowery, il est difficile de ne pas marcher dans les pas de dizaines de personnages. Il Trucco était un lieu intime, sans prétentions, à savoir faussement modeste, comme le sont beaucoup d'endroits à New York, qui cachent leur morgue derrière une façade décrépie. Il Trucco était un mélange américain d'hispanité et d'italianité : à la carte, la paella et les sandwichs bikinis côtoyaient la *pancetta di maiale* et la *zuppa*. Quand on est affamé peu importe le brassage des cultures, de sorte que nous avons englouti des pâtes et du riz avant de nous transporter au Whisky Bond, un tripot décadent où aucun père n'aurait voulu voir traîner ses filles. J'en ai franchi le seuil, réjoui d'être délivré de la paternité et de ne pas devoir veiller sur une quelconque progéniture.

Rocco s'était fait offrir les boissons et les plats riches en glucides. On se bat avec certains pour régler l'addition ou la diviser, alors qu'avec d'autres il est tout naturel de payer ou de se laisser inviter. Cela semblait innocent, or toute invitation est une déclaration.

Nous avons bu nos whiskies sans échanger un mot. J'ai remarqué un petit tatouage à l'intérieur de son poignet gauche. Pour quelle raison est-on ébloui par quelqu'un ? Qu'implique la force centrifuge de l'obsession ? Ce n'est peut-être pas la personne qui nous fascine, mais ce qu'elle fait résonner en nous. Rocco était pour ainsi dire une toile, une idée dotée d'un potentiel. Sans ego apparent, il écoutait, riait, parlait de Miffy et Bragg. Être avec lui équivalait à être seul mais à deux, à disposer d'un témoin de la vie qui me permettait de me voir dans un miroir sous un angle avantageux sans m'imposer le poids de sa présence.

Je suppose que ce qui est survenu ensuite est imputable à l'ivresse combinée au brouillard mental et au bien-être que me procurait cet inconnu. Nous étions assis sur des poufs trop peu rembourrés, adossés contre un mur froid en brique ; l'idée de nous lever alors que nous étions si près du sol nous incitait à différer notre départ. De là où nous étions, nous voyions les serveuses aller et venir dans leur uniforme gothique hypersexualisé en gaze et en satin noir, des picots émerger d'endroits inattendus et des fulgurances de jarretières. Une table haute encombrée de verres vides se dressait entre nous. Avachi sur son pouf, les yeux entrouverts, Rocco serrait dans sa main un verre contenant un fond de whisky aqueux. Son regard impassible ne me permettait pas de savoir s'il avait remarqué les jarretières de cabaret.

— Tu habites où ? me suis-je tout à coup entendu lui demander.

Sans avoir pris aucune décision, j'avais enclenché quelque chose. La langue est toujours plus rapide que le cerveau, d'où les nombreuses promesses qu'on fait en étant incapable de les tenir

— Ça dépend, a-t-il répondu d'un ton qui m'a paru sincère.

— J'ai une chambre libre dans mon appartement. Ce n'est pas loin d'ici, tu peux passer la voir si tu veux. Si elle te plaît, je te la loue.

Je me suis redressé, la tête en état d'apesanteur. Combien de whiskies avais-je avalés ? J'ai perdu l'équilibre, heureusement je ne suis pas tombé de haut. Rocco m'a saisi un bras.

— Comment sortir de ce pouf qui en fait est un piège ? m'a-t-il lancé en relâchant sa pression, souriant. Je commande la dernière et on ira chez toi.

Dans leurs trajets nocturnes, les trains marquent souvent de longs arrêts pour en laisser passer d'autres, ce que fit le nôtre. Nous étions environnés de l'obscurité extérieure. Terry fit signe au serveur de nous apporter plus de vin, s'imaginant peut-être que sans cela je ne poursuivrais pas mon récit ou que nous ne repartirions pas. Quand la bouteille fut sur la table, il s'empressa de nous servir et leva sa paume dans ma direction pour m'inviter à reprendre la parole.

— Comme pour les hôtesses piégées dans le carrousel à bagages, il ne s'est pas passé grand-chose, hormis le fait qu'elles ont dû réussir à s'extirper de là de la même façon que j'ai quitté l'île, conclus-je avec indifférence.

Il poussa vers moi mon verre qu'il avait rempli à ras bord, contrairement aux coutumes de mon pays.

— Sortir, c'est tout ce qui compte... et si possible indemne. Vous m'excuserez mais j'ai un coup de fil à passer. Je vais profiter de l'arrêt du train, s'excusa-t-il en se mettant debout, les yeux rivés sur l'écran de son portable.

Bou et moi restâmes seuls, souriants. Il haussa les épaules, je l'imitai instinctivement, l'air de dire « Bon... c'est comme ça. »

Bien que mon histoire m'ait renvoyée temporairement dans le passé, le présent s'imposait. J'avais certes senti Daniel assis à mon côté dans la nuit, mais il était immobile, ne pouvant pas lutter contre l'humidité de l'air que je sentais sur ma peau, ni s'imposer à l'histoire que Terry avait relatée à mesure que nous progressions dans le noir.

Bou retira ses lunettes et les frotta avec son T-shirt blanc, qu'il avait tiré de sous son pull. Il les rechaussa et me regarda après avoir cligné plusieurs fois des paupières.

— Tu veux aller te dégourdir les jambes le temps que Terry revienne ?

— Oui, pourquoi pas ?

Nous marchâmes à l'opposé de l'endroit où se trouvait le professeur, qui se promenait distraitement en parlant. En nous apercevant il gesticula pour nous signaler qu'il surveillait notre table. Nous nous éloignâmes mais j'avais l'impression qu'il ne nous quittait pas des yeux : on sent dans notre dos les gens qui nous regardent comme on sent quelqu'un qui sourit sans qu'on le voie.

Nous traversâmes plusieurs voitures en silence. Bou portait un grand pull d'un noir défraîchi ; et bien qu'il l'ait rentré dans son pantalon, je devinais son T-Shirt en coton blanc sous la laine. J'imaginais un col en V, de ceux qu'on achète par lots de trois et qui sont un peu démodés par rapport aux cols ronds. Lorsque nous parvînmes au bout du train, Bou se tourna et m'indiqua une porte. Derrière ses lunettes à monture en plastique, je voyais ses yeux couleur miel, qui devaient être plus clairs au soleil.

— Ça te dirait de descendre sur le quai ? Le train ne partira pas sans prévenir les passagers. Si on ne va pas trop loin, on aura le temps de remonter en voiture.

Nous pénétrâmes dans la gare, où ni la salle d'attente ni le dépôt de presse n'étaient ouverts. Sur la droite s'étendait un chantier où nous nous aventurâmes, et au milieu des finisseurs et des tas de terre, nous escaladâmes une petite montagne de sable noir pour nous asseoir à son sommet.

Il ne pleuvait pas mais l'humidité sévissait toujours, comme après des précipitations, une sorte de rosée en suspension dans l'air, le néant du *ling* qui laisse sa trace sur notre épiderme et dans nos narines. La plupart des absences ne se perçoivent-elles pas comme telles parce qu'elles ont toujours été cela, des absences ? Quelqu'un s'en va, quelque chose nous quitte ; même la mort, qui pourrait représenter le néant absolu, n'est que le sillon le plus marqué, le plus lourd à porter par ceux qui demeurent. L'obscurité nocturne de l'île rappelait elle aussi le *ling* : elle n'était jamais tout à fait noire. Parfois la lumière du jour semblait stagner, traîner, faire preuve de paresse dans sa disparition.

— Tu sais à qui Terry téléphone ?

— À cette heure-là, je suppose que c'est à quelqu'un qui est aux États-Unis. Un journaliste, peut-être, suggéra-t-il. Répondre aux questions des interviews l'angoisse terriblement, et je crois qu'en plus il a peur de laisser des plumes dans cette histoire. Le roman donne matière à spéculer sur sa vie et celle de Hans, mais je crois aussi qu'il redoute ce qui pourrait lui arriver.

— Mais qu'a-t-il donc écrit pour avoir aussi peur ? Et toi, tu es mêlé à toute cette histoire, à ce « scandale », comme vous dites ? C'est ta fonction de suivre ton prof comme une groupie, un garde du corps ?

Je n'avais pas parlé sérieusement. L'idée de Bou en garde du corps me paraissait saugrenue, mais il ne trouva pas ça drôle.

— Non, je ne suis pas sa groupie, et Terry sait se défendre sans l'aide de personne, mais c'est vrai qu'il est très isolé depuis la publication du roman et que j'ai de bonnes raisons de rester avec lui.

— Ah oui ? Lesquelles ?

— Terry est un penseur original et sensible qui est encore persuadé que la littérature peut aussi bien ouvrir une plaie que la cautériser. J'ai eu l'immense privilège de suivre ses cours pendant un an. Je n'avais jamais eu un professeur comme lui. Puis il a été mon directeur de thèse, et après la sortie en librairie de *Rocco*, les médias se sont jetés sur lui. Cette fiction a provoqué des attaques contre son intégrité de professeur et d'écrivain. Je ne sais pas comment ça va évoluer, mais son travail à l'université est en danger, et s'il se fait expulser il ne pourra pas retrouver d'autre poste. Ici, en Europe, on l'a au moins invité à présenter son livre dans des pays comme la France et à participer à ce débat à Édimbourg. C'est Donovan Seymour, le journaliste du *New Yorker*, qui est en grande partie responsable de cette situation. Il a affirmé que le personnage de Rocco n'était autre que Hans et que Terry a profité de lui en exploitant son image. Il l'accuse d'être la cause de tout ce qui s'est passé ensuite.

Les versions d'une même histoire cohabitent, comme les couleurs d'un Rubik's Cube. Chaque version ou chaque couleur peut exister par elle-même et les autres sont là, hors de notre champ de vision, au point qu'on a du mal à les faire correspondre entre elles. Il serait plus simple qu'il n'y en ait qu'une seule et qu'il ne soit pas nécessaire de l'associer avec d'autres pour compléter le cube. Il était possible que le récit de Bou, analogue à celui de Terry, soit l'une de ces faces, mais il y avait d'autres couleurs à côté desquelles elle risquait de détonner. Quelle était la version de Hans ?

— Et toi, qu'as-tu à voir là-dedans ?

— Absolument rien. Ce n'est pas mon histoire, mais en plus d'être mon mentor, Terry est mon ami et je n'ai pas l'intention de l'abandonner maintenant.

— C'est très noble de ta part. Mais puisque tu n'as pas connu Hans, il ne t'est pas compliqué d'être loyal envers Terry.

— Je connaissais Hans.

— Ah oui ? Il était comment ?

— Hans ? Timide. Et doux. Il était suisse ; sa famille vivait près de Genève. C'était un jeune homme affable, d'un naturel plutôt languide. Il était acteur et essayait de vivre de son métier. Comparé à lui, Terry se comportait comme quelqu'un qui a trouvé sa place après être parti dans toutes les directions. Il adorait Hans, mais je n'ai jamais compris sa fascination.

Il prononça ces mots en me scrutant à travers ses verres. Jusqu'alors, nous avions regardé droit devant nous, les bras passés autour de nos genoux.

— Pauvre Hans, murmura-t-il à part soi, tout en étant conscient que je l'entendrais.

Il se tourna de nouveau vers moi, anticipant ma question, et changea de sujet, refusant que la conversation prenne le tournant qu'il pressentait.

— Tu n'avais jamais envisagé que Daniel pouvait te laisser seule sur cette île ?

Je ne répondis pas.

La veille de son départ, nous avions eu une altercation étonnamment franche et désagréable : lui en avait assez de me traîner comme un poids supplémentaire sur son dos ; moi je ne supportais plus son irritation et sa brutalité. Tout en étant difficilement conciliables, les vérités coexistent comme les faces du Rubik's Cube, et je n'ai jamais eu connaissance de la version de Daniel.

Je me revois ouvrant la fermeture Éclair de notre tente, y passer la tête et observer le paysage de chaque côté. Sur le moment, deux certitudes m'avaient frappée : Daniel ne pouvait pas m'avoir abandonnée à mon sort ni avoir mis fin à notre relation comme il aurait jeté une bombe. Mais par ailleurs, j'étais convaincue qu'il n'était plus dans les parages. Libre à moi de crier son nom et de me laisser aller au désespoir sur l'immense plage déserte, il ne répondrait pas car il n'était plus là. Dans ce genre de circonstances, le bon sens et l'espoir nous confortent dans une première vérité : « C'est impossible, il n'a pas fait ça. » Mais ce que nous savons au-delà de notre conscience nous amène à considérer la seconde vérité, et nous sentons à quel moment quelqu'un commet la pire des abjections. Certes on ne s'y attendait pas, on ne l'aurait jamais imaginé, pourtant notre corps, notre *gut*, comme on dit en anglais, le sait bien. « *I felt it in my gut* », « Je l'ai senti dans mes tripes », cet endroit caché où la conscience n'accède pas, mais qui sait et a toujours tout su.

Le jour se levait, la mer laiteuse rejoignait le blanc du ciel, tous deux séparés par une frange de couleur feu qui renvoyait une lumière violette. Allais-je mourir de faim ? De soif ? Me perdre irrémédiablement, privée de réseau, avec une simple carte en papier pour me guider ? Et quand je serais perdue, la chaleur ou un animal en finiraient-ils avec moi ? D'après ce que j'avais lu la faune n'était guère nombreuse, des reptiles dociles ou des oiseaux qui ne me feraient aucun mal tant que je serais en mesure de me défendre.

Sans doute prise d'une peur irrationnelle (pourtant la situation n'était en rien comparable), je me suis rappelé l'image terrifiante du photoreporter sud-africain Kevin Carter – elle lui valut de remporter le prix Pulitzer et donna lieu à une polémique morale insoluble qui finit par lui coûter la vie dans les années 1990 – de la fillette soudanaise sans défense souffrant de la faim et du vautour qui la guette à une distance aussi prudente que menaçante. Mais cette petite fille était née dans un Soudan épuisé par la guerre civile et la famine alors que j'étais une privilégiée, même si je n'avais rien fait pour mériter mon triste sort. À la question de savoir pourquoi certains ont plus de chance que d'autres… je ne saurais pas quoi répondre, mais j'étais persuadée que j'aurais dû prendre davantage soin de moi, ne pas me rendre dans un pays que je ne considérais que comme un décor de fiction avec un homme ayant les contours flous d'un mirage.

J'avais lu que dans les moments périlleux, juste avant que le corps sécrète assez d'adrénaline pour penser avec plus de lucidité que la normale, on sent la rationalité nous abandonner un instant. Daniel était-il réel ou tout droit sorti de mon imagination ? Étais-je capable de trouver le chemin du retour ? J'ai fermé les yeux avec force. Étais-je entourée de vie ou, déjà, de mort ?

I fancied you'd return the way you said,
But I grow old and I forget your name.
(I think I made you up inside my head.)

I should have loved a thunderbird instead ;
At least when spring comes they roar back again.
I shut my eyes and all the world drops dead.
(I think I made you up inside my head.)

J'ai cru que comme promis tu reviendrais,
Mais j'ai vieilli et oublié ton nom.
(Je crois bien que je t'ai imaginé.)

J'aurais mieux fait d'aimer l'oiseau de feu ;
Lui au moins crie de nouveau au printemps.
(Je crois bien que je t'ai imaginé.)

— Je n'arrive pas à me représenter le calvaire que tu as enduré avant de quitter cette île, et je n'ai pas idée non plus de ce que Hans a dû traverser à la publication du livre de Terry, dit Bou calmement.

Oui. À la fin des histoires on essaie toujours de savoir comment on aurait pu épargner une part de souffrance à ceux qui en ont été les acteurs, pensai-je en gardant le silence.

Nous entendîmes du bruit sur le quai et regardâmes dans cette direction. Aucun autre train n'était passé, comme nous l'avions supposé, mais il était peut-être temps de partir. Nous dévalâmes le monticule de sable et nous précipitâmes vers les voies. Terry agitait un bras à la fenêtre de notre compartiment. Avant d'avoir atteint la porte de la voiture, Bou pila net pour me laisser le précéder. Nous nous engouffrâmes dans le couloir et je sentis monter après notre course la bouffée de chaleur du chauffage. Je me retournai, certaine que Bou n'était plus derrière moi, et le vis retirer son pull à quelques mètres de là. En dessous il portait un T-shirt blanc à col rond.

Bou et moi nous assîmes face à face pendant que Terry continuait de téléphoner dans le compartiment voisin. Sur la table, les verres de vin étaient éclairés par une lumière blafarde, mais malgré l'impression d'austérité qu'il renvoyait, le wagon-bar avait quelque chose de feutré.

À l'extérieur ils apercevaient par instants les lueurs des localités qu'ils traversaient à vive allure. À cette heure tous leurs habitants devaient dormir d'un sommeil paisible ou déconcertant, le bruit du train lointain s'incorporant aux aventures oniriques de certains, à la manière dont les sons ambiants s'immiscent dans nos rêves. L'un d'eux se réveillerait peut-être, croyant avoir entendu une flèche siffler à ses oreilles.

— Tu sais que je suis un grand fan de magie ? J'aime les tours où aucun fil ou miroir ne vient expliquer l'illusion, ceux qu'on regarde sans en croire nos yeux alors que le cerveau sait qu'ils sont un défi à la logique ! me lança Bou avec enthousiasme.

— Ah bon ? murmurai-je, un peu prise au dépourvu.

— Oui, je suis séduit par l'idée qu'il y ait des artifices, des pièges, de la triche, et que c'est précisément pour cette raison qu'on est captivé par le spectacle, tout en sachant qu'en dépit des apparences ces numéros dépendent d'un processus méticuleux qui nous fait croire que l'impossible est vraiment en train de survenir, comme la fausse disparition de la statue de la Liberté de Liberty Island... sous nos yeux...

— Hahaha ! Ça, je m'en souviens ! Je me suis toujours demandé comment il s'y était pris. L'écriture de fictions exige aussi des heures de travail pour élaborer les ruses permettant de créer l'illusion, n'est-ce pas ? Dans la magie comme dans la littérature, on est tenté de lever le rideau pour découvrir ce qui se cache derrière la mise en scène.

— Oui, mais c'est toujours décevant, d'une part parce que c'est répétitif, de l'autre parce que c'est très simple. N'essaie jamais de savoir comment David Copperfield a fait disparaître la statue de la Liberté ! Il vaut mieux se laisser bercer par ce joli leurre.

— Mais... ce n'est pas ce que tu fais quand tu bombardes Terry de questions sur son roman ?

— Malheureusement pour Terry et encore plus pour Hans, le rideau est déjà levé. Donovan Seymour s'en est chargé avec ses accusations. Il a sorti les personnages de *Rocco* de la sphère qui leur correspondait et a rendu Terry responsable de ce qui est arrivé après la publication du roman.

— De quoi l'a-t-il accusé au juste ?

— D'avoir exploité la vie de Hans et exposé ce qu'il n'avait jamais voulu révéler... D'avoir inventé ce qui l'intéressait à partir de sa véritable identité.

— C'est très fréquent. On ne peut pas blâmer quelqu'un pour avoir écrit des lignes qui ressemblent à la réalité.

— C'est vrai. Le livre n'aurait pas dû être à l'origine de tous ces ragots dans les cercles littéraires. Mais on se doutait déjà que Rocco était un être en chair et en os, et comme le professeur du roman n'a pas de nom, on en a conclu qu'il s'agissait de Terry. Et puis Seymour a publié l'article qui confirmait ces rumeurs, et à un moment donné Hans a disparu.

— Il a disparu ?

— Oui ! gémit Bou.

— C'est ça, le scandale qui a dopé les ventes ?

— C'est ça, confirma-t-il dans un soupir.

— Je comprends maintenant pourquoi Terry était tellement affligé quand il nous a avoué qu'il aurait aimé mieux connaître Hans. Désormais c'est impossible...

— Exactement. Enfin, tu sais... quand il dit qu'il regrette de ne pas avoir passé plus de temps avec lui, il ne faut pas le prendre au pied de la lettre. Terry adorait Hans, mais pas autant que Rocco, parce qu'il préfère ses histoires à la réalité. Je pense qu'il était obsédé par l'idée que Hans aurait pu être davantage que celui qu'il était ou qu'il est encore, je l'ignore.

Il avait une expression désolée, comme quand on sait qu'on ne peut plus rester en marge d'une situation donnée. On voudrait être étranger aux conflits de ceux qui nous entourent, et c'est bien naturel. En gardant nos distances on regarde droit devant nous, on occupe un fauteuil d'orchestre, ce qui laissait à Bou le loisir de continuer à penser à la magie et à la littérature en admirant son cher professeur, mais il avait été éclaboussé par cette affaire et envisageait peut-être de quitter la salle.

J'avais envie qu'il m'apporte des précisions sur les limites qu'avait dépassées Terry dans son roman. Comment un écrivain peut-il exploiter l'image d'une personne réelle au point d'entraîner sa disparition ? Mais Terry nous rejoignit à cet instant.

— Alors ? Vous n'osez pas vous servir quand je ne suis pas là ?

Un simple coup d'œil lui suffit pour se rendre compte que Bou avait poursuivi ses explications et que j'étais assurément en possession de plus d'informations que celles qu'il m'avait fournies. Il m'adressa un regard direct avant de s'asseoir.

— Je constate que ce soir, de part et d'autre de l'Atlantique, on ne parle que de *Rocco*, déclara-t-il avec gravité, se laissant tomber sur sa chaise comme s'il se délestait d'un poids. Moi qui espérais que notre nouvelle amie nous raconte comment elle a quitté cette île caillouteuse…

— D'accord, mais avant j'ai une question à te poser à propos de Hans. Tu nous as parlé de votre rencontre sur cette terrasse, mais ensuite ? Vous vous êtes souvent revus ?

Terry adressa un clin d'œil à Bou et pointa un pouce dans ma direction :

— Elle n'y va pas par quatre chemins, pas vrai ? Et elle n'est encore au courant de rien !

Certes je ne savais rien, mais j'étais avide qu'il poursuive son récit.

— Ce n'est pas ma faute ! s'exclama Bou en montrant ses paumes.

Cependant c'était lui qui avait piqué ma curiosité. Je savais qu'il y avait une histoire qui ne me concernait pas et me tenait déjà en haleine.

— Après la fête chez Mina, il s'est passé un certain temps avant qu'on se retrouve, dit Terry. Oh, je ne nie pas qu'il m'arrivait de penser à lui. C'était un beau jeune homme d'une grande douceur, qui semblait avoir souffert pour une raison que j'avais très envie d'exhumer. Oui, Hans Haig a toujours éveillé mon intérêt, or pénétrer les secrets de quelqu'un est addictif. Comme je vous l'ai déjà dit, j'aurais aimé mieux le connaître, démêler les fils de son passé pour m'y empêtrer moi-même.

Il se cala sur son siège et but une gorgée de vin.

— Un soir, en quittant l'université, je l'ai vu adossé contre la barrière qui sépare le trottoir de la zone arborée du campus. Vous avez déjà lu des poèmes d'Alda Merini ? « J'aime qui choisit avec soin les mots que je n'ai pas dits », a-t-elle écrit. Hans était un garçon plein de silences réfléchis que j'ai toujours entendus bruyamment sans parvenir à m'expliquer pourquoi. Ce fameux soir, je l'ai invité à dîner et il a accepté.

Avant d'enchaîner, il s'est levé et nous a regardés fixement :

— Vous qui êtes encore jeunes, vous n'avez peut-être encore jamais fait ce genre de rencontres, mais parfois on croise des personnes (c'est rare) qui nous fascinent au premier coup d'œil. Nous marchons avec elles quelques minutes et elles nous donnent le sentiment d'avoir toujours été là, à se promener tranquillement à nos côtés. Ce soir-là, reprit-il en s'appuyant contre le dossier de sa chaise, nous avons dîné à Il Trucco, un petit restaurant italo-espagnol de SoHo. La soirée s'est étirée comme du chewing-gum, tout en délicatesse, sans la moindre fausse note, dans le calme. Nous avons discuté, mangé et bu du vin jusqu'à ce que la salle se vide et que les serveurs aux yeux battus nous invitent à partir. Comme vous le voyez, je supporte bien le vin et j'ai du mal à m'arrêter. Si cela n'avait tenu qu'à moi, nous aurions passé une nuit blanche. Je me rappelle que nous avons ri en échangeant des anecdotes sur notre enfance, mais je ne me souviens plus desquelles exactement. Les souvenirs se mélangent aux images que j'ai inventées.

Il avait l'air absorbé, comme sous le coup d'un sortilège qu'il créait lui-même à mesure qu'il progressait dans son exposition des faits.

— Hans a évoqué sa Suisse natale, ses lacs cristallins, dont un en particulier, aux abords d'un village français près de Genève, où il passait les étés de son enfance dans une maison ancienne toujours fraîche. Il m'a décrit ces mois d'été, les jeux avec sa mère et sa grand-mère, dans la fleur de l'âge, leurs plongeons et leurs sauts incessants du haut de l'embarcadère, les éclats de rire des deux femmes quand le garçon les éclaboussait en faisant des bombes. Avant d'accéder à la maison trônait en haut d'un escalier la sculpture de deux angelots nus enlacés. Hans se rappelait que lui et sa mère, mouillés et enveloppés de serviettes-éponges, imitaient en s'esclaffant la pose du couple de chérubins. Sa grand-mère avait immortalisé cet instant en les prenant en photo, une image dont elle ne se séparait jamais. Cet endroit était le sien, m'a-t-il confié en tournant son bras gauche pour me montrer un tatouage à l'intérieur de son poignet : un lac entouré de montagnes, un bassin géologique. Où qu'il aille ce paysage l'accompagnait. Il se l'était fait faire à Genève, où il avait pris des cours de théâtre, éloigné des étés de son enfance, avant d'aller tenter sa chance à New York en tant qu'acteur.

J'imaginai aussitôt Hans tourner son bras gauche et expliquer à Terry l'origine de son tatouage. Je vis en pensée le bassin géologique et examinai l'intérieur de mon poignet, n'y distinguant que le bleu de mes veines.

— Après dîner je lui ai proposé d'aller boire un dernier verre à la Bond Street Brewery ou au Whisky Bond, qui étaient tout près, mais il m'a dit qu'il était fatigué. Il voulait être en forme pour une audition qu'il avait le lendemain. Mon appartement se trouvait dans le Village, j'allais donc vers le nord-ouest et lui à l'opposé, dans le Lower East Side. Avant qu'on se sépare, il a veillé à ce qu'on fasse le nécessaire pour se revoir : nous avons échangé nos numéros, suggéré un programme, et peu après cette première rencontre, de petites routines se sont établies entre nous. Le mercredi, à la fin de mon dernier cours, Mina et lui me prévenaient d'éventuelles expositions dans des galeries de Chelsea, ou bien nous allions nous promener sur les quais ou dîner en fonction du temps dont nous disposions. Quand Mina s'absentait, nous passions l'après-midi tous les deux, et soit il restait à la maison, soit chacun rentrait chez lui. Quand j'étais seul, je m'empressais d'allumer mon ordinateur et j'écrivais jusqu'à l'aube.

En écoutant Terry retracer le passé, je me demandais quelle serait la version de Hans. À quoi occupait-il les soirées qu'ils ne passaient pas ensemble ? Et comment les aurait-il retracées ?

— On pourrait dire que Hans était ma muse, qu'il m'inspirait, ou plutôt qu'à ses côtés j'avais trouvé la tranquillité qu'il me fallait pour m'asseoir devant mon ordinateur. Il est vrai aussi qu'il nourrissait mon écriture sans que je puisse m'expliquer pourquoi. Qu'avait-il en lui pour m'inciter à me mettre au travail ? C'est un mystère que je n'ai jamais percé.

— Il vivait seul ? demandai-je, désireuse qu'il me dévoile des aspects cachés de son histoire.

— Non. Il habitait avec deux autres acteurs qui, d'après ce qu'il m'a dit, se disputaient constamment. J'ignore s'il s'agissait d'un couple, si c'étaient des hommes ou des femmes. Je savais seulement que, comme Hans, ils faisaient du théâtre et avaient de petits jobs pour supporter les coûts élevés de New York. Il ne voulait pas passer trop de temps avec eux, alors il restait souvent chez moi pour les éviter.

Terry ne s'étendait guère sur ce qui concernait exclusivement Hans et préférait s'attarder sur leur relation.

— Hans était à mes yeux un petit bijou précieux que j'aspirais à conserver à jamais, et pour lui je représentais une présence adulte dans sa vie solitaire. J'avais un appartement loin de celui qu'il partageait avec ses colocataires, j'étais une sorte de parrain. Je pense qu'il savait qu'il me fascinait, que sa beauté et sa jeunesse m'éblouissaient. Ai-je profité de lui et de sa situation ? D'après Donovan Seymour, oui. Et comment ne pas le considérer ainsi au vu de ce qui est arrivé par la suite ? Mais je dois dire qu'à l'époque c'est Hans qui tirait le plus d'avantages de notre relation, lui qui avait le contrôle et moi qui me rendais toujours disponible. J'ai été sincère avec lui. Je lui ai dit que j'avais recommencé à écrire et que j'avais inventé un personnage qui s'inspirait de lui. Il a voulu savoir s'il se reconnaîtrait dans mes lignes. Je lui ai répondu qu'il apparaissait à travers le filtre de la fiction, et que même si Rocco lui ressemblait, c'était anecdotique : oui il avait ses yeux bleu clair et se liait d'amitié avec un professeur d'université à New York, mais ça s'arrêtait là. Il est vrai que j'ai recréé dans le livre des endroits où nous sommes allés ensemble. Je lui ai montré plusieurs chapitres du roman qui l'ont amusé. Je le revois rire en lisant les paroles de Rocco sur Mercury Bragg, l'acteur comique.

En se remémorant ces instants, Terry se mit brusquement à sourire.

— Hans avait trouvé ça drôle. « Le furet de Bragg ! J'adore ! Il existe vraiment, cet acteur ? » s'était-il écrié en posant les pages devant moi. Bien sûr que non, je l'avais inventé de toutes pièces, de même que Hans n'était pas omniprésent dans ma fiction. Mais après avoir écouté son anecdote sur les hôtesses de l'air coincées dans le carrousel de bagages, une autre histoire abracadabrante, j'ai eu l'idée d'inventer Bragg et Miffy, le furet farouche. Quand on se voyait, Hans prenait des nouvelles de Rocco, il voulait savoir ce que lui et le professeur avaient fait, s'ils avaient pris une nouvelle cuite. « Ne t'inquiète pas, je ne compte pas m'installer chez toi, même si je suis très souvent là. » Il m'interrogeait sur Maddie tout en sachant que dans la vraie vie je n'aurais jamais noué de liens romantiques avec une femme. C'était un jeu auquel nous nous adonnions tous les deux. Hans aimait que ce qui sortait tout droit de mon esprit se mêle aux éléments de sa vie. Est-ce que c'est allé plus loin ? Je suppose que oui, que plus nous nous connaissions, plus j'écrivais et moins j'étais enclin à lui en parler, parce que je m'étais approprié Rocco.

Il marqua une pause et enchaîna comme s'il regagnait un présent moins agréable que le passé.

— Un mercredi, Hans avait une audition et j'ai vu Mina debout près de la barrière, à l'endroit où Hans s'était posté la première fois qu'il était venu me chercher. Elle portait une robe noire en lin avec des bordures en soie et de grandes poches, une chaîne en or vieilli et une immense graine vernie en guise de pendentif. Elle avait relevé sa longue chevelure rousse en queue-de-cheval, caché ses yeux derrière des lunettes noires. Elle arborait un sourire avenant. Elle aussi avait ri en lisant le passage du roman qui se déroulait à Fairbanks, que je lui avais envoyé. Elle m'avait dit être flattée d'avoir accédé à la catégorie des personnages de fiction. Elle n'était pas Maddie, évidemment, mais celle-ci n'aurait pas existé si Mina ne m'avait pas raconté sa déconvenue en Alaska par une soirée glaciale.

Dans sa robe noire, je n'associais plus l'image de Mina avec celle de Jessica Rabbit, mais l'envisageais désormais sous les traits de Jessica Chastain.

— Ce jour-là, Mina et moi avons descendu la Huitième Avenue avant de bifurquer vers le Jane Hotel. L'immeuble était resté tel qu'il avait été édifié au début du siècle dernier, destiné à loger la population croissante de marins en escale dans la ville. À l'époque, ce bâtiment en brique rouge qui se dressait devant le quai de la Cunard Line était connu sous le nom d'American Seamen's Friend Society, Sailor's Home and Institute. La dimension de ses chambres ainsi que leur agencement rappelaient les étroites cabines des bateaux. Une nuitée coûtait vingt-cinq cents pour les membres d'équipage et cinquante quand les clients n'étaient pas du métier. Quatre ans après avoir ouvert ses portes, l'établissement avait accueilli les survivants du *Titanic* et à compter de ce moment, il était devenu une enclave de la culture new-yorkaise. Plus tard, dans les années 1970, toute la bohème le fréquentait.

Terry se tut un instant, puis nous expliqua où il voulait en venir.

— J'ignorais tout cela, mais Mina, qui était née et avait grandi à Manhattan, me l'a raconté dans le bar de l'hôtel, où résonnait la voix de Billie Holiday interprétant « All of Me ». Tout était oppressant dans cet endroit : les panneaux de bois sombre du plafond, le velours grenat des tabourets, les rideaux poussiéreux, autant d'éléments qui paraissaient prêts à vous engloutir ou à déclencher une crise de claustrophobie. J'ai deviné immédiatement que Mina voulait me parler de quelque chose en particulier, et que ce quelque chose était Hans. Nous avons commandé nos consommations, elle a fermé avec soin les branches de ses lunettes de soleil et m'a pris la main d'un air grave. Elle se faisait du souci pour Hans. Il lui avait fait à propos de ses colocataires des confidences qu'elle jugeait alarmantes. Elle le trouvait trop jeune, trop naïf pour côtoyer ce genre d'individus sans en pâtir. Ce couple risquait d'être une véritable source de problèmes et nous devions l'aider à trouver un autre logement. Je ne partageais pas ses inquiétudes et je le lui ai dit. Hans était un adulte. « Vous passez beaucoup de temps ensemble, alors surveille-le, je crois qu'il n'est pas très en forme en ce moment », a-t-elle objecté. J'avais envie de lui rappeler que Hans n'était ni sous sa responsabilité ni sous la mienne, mais avant que j'aie prononcé un mot, elle a levé la main pour me signifier qu'elle n'avait pas fini : « Et puis il y a ce livre auquel tu travailles, Terry. Fais attention avec ça. Tu continues ? Hans est très seul dans cette ville et il est proche de toi, alors assure-toi qu'il va bien au lieu d'en profiter pour écrire sur lui. » Je l'ai arrêtée net : « Je ne suis pas son père, Mina. » Avant de me répondre, elle m'a fusillé du regard et j'ai senti la pression de sa main sur la mienne. « Mais tu pourrais l'être. Tu as l'âge d'être son père, en prime un père qui ne serait plus tout jeune. » Après ça nous savions l'un et l'autre que la conversation était close, ajouta-t-il en nous observant, affligé. Tout ce que Mina aurait pu ajouter m'aurait fait l'effet d'un sermon ridicule, d'une réprimande à l'ancienne. Et si j'avais voulu protester, nos échanges auraient dérivé en lieux communs : mais qu'est-ce que tu insinues, de quoi tu m'accuses, ne me regarde pas comme si j'avais des vues de l'esprit, pourquoi choisir un garçon aussi jeune, etc. Mina nous a épargné ça, mais peu après cette discussion, tout s'est accéléré et je ne l'ai plus revue.

Je percevais son chagrin qui me paraissait sincère, mais également mérité.

— Les faits se sont précipités et plus jamais nous n'avons lu ensemble et avec insouciance des pages de mon roman. La mise en garde de Mina m'a poussé à vouloir terminer cette histoire au plus vite, même s'il me fallait renoncer au sommeil. J'étais loin de me douter que Hans disparaîtrait. J'ai eu plaisir à passer encore des journées en sa compagnie, mais quelque chose avait changé après cette conversation pleine de sous-entendus et de silences tacites. Qu'avait compris Mina ? Qu'avait-elle pressenti pour que ses avertissements soient si vibrants ? s'interrogea-t-il en feignant de chercher des réponses. En tout cas elle ne m'a jamais pardonné et je suppose que je m'en suis voulu moi aussi, mais ça, c'est dérisoire. Maintenant que Hans n'est plus là, à quoi bon envisager une autre version où je l'aurais aidé au lieu de l'enfoncer ? Mina a essayé, elle cherchait à me montrer le précipice qui s'ouvrait devant lui. Mais quand on est au bord d'une falaise, il n'y a qu'une seule version possible, un seul atout à jouer. J'aurais pu l'agripper de toutes mes forces pour l'obliger à reculer d'un pas, mais j'ai vu le saut dans l'inconnu, un endroit d'où on ne revient pas, et d'un seul doigt dans son dos, refusant de le regarder dans les yeux, je l'ai doucement poussé vers l'abîme.

III

Trois semaines s'étaient écoulées depuis que nous nous étions réveillés ensemble dans mon appartement. La cohabitation se déroulait avec un naturel surprenant. Je n'étais pas en mesure de l'affirmer à cent pour cent, mais il me semblait que Rocco ne s'absentait pas assez longtemps pour exercer un travail régulier. Si je lui avais posé la question il m'aurait peut-être fourni des précisions, pourtant j'avais l'impression qu'il préférait ne pas trop s'étendre sur ses occupations quotidiennes.

Ce premier matin n'avait guère été différent des suivants, si l'on excepte les effets de l'alcool ingurgité la veille. J'avais le corps et l'esprit bouffis, le dos courbaturé (à cause du pouf-piège), la tête pareille à une bombe prête à exploser. Cette situation était ridicule : pourquoi avais-je proposé à un parfait inconnu de venir vivre chez moi ? Avais-je à ce point horreur de la solitude ? J'ai sauté du lit et filé sous la douche après avoir avalé deux aspirines et un demi-litre d'eau, et là, comme si elles accompagnaient les innombrables gouttes d'eau ruisselant sur ma peau, toutes les raisons du monde ont déferlé pour m'amener à la conclusion que j'avais été très peu inspiré en invitant Rocco à rester.

J'étais un adulte qui n'avait pas besoin de partager un appartement déjà petit pour une personne. Beaucoup plus jeune et plus fort que moi, Rocco était peut-être un monstre qui massacrerait mes quelques possessions, et dans le meilleur des cas, s'il ne me tabassait pas, il pouvait se révéler sale et bruyant.

En sortant de la salle de bains je l'ai regardé, assis sur le canapé, avec son sourire d'enfant. Non, ce garçon n'avait jamais eu l'intention de lever la main sur moi, et je crois que sans lui je serais resté couché toute la journée. Il était un témoin de mon existence, le seul à l'époque. Ce rôle était-il interchangeable ?

Il m'a dit qu'il avait fait du café et m'a tendu une des deux tasses. J'ai haussé les sourcils, désignant de la tête la chaise où il avait laissé son blouson.

— Maintenant il n'est plus mettable, a-t-il soupiré en promenant une main sur le cuir.

— Pourtant il fait moins chaud qu'hier.

— C'est vrai, mais le matin on n'a pas besoin de se glisser dans la peau de quelqu'un d'autre, m'a-t-il expliqué en m'adressant un clin d'œil. Tu n'as plus rien à manger, allons faire des courses. Ah… et pendant que j'y pense, tu peux jeter ton climatiseur. Il n'apporte aucune fraîcheur et ne fait que répandre de l'eau brune par terre.

Si Rocco avait une vie en dehors de ces murs, je n'en voyais aucune trace, mais il avait forcément un passé : seuls les personnages de fiction en sont vierges. Il s'était installé avec pour tout bagage le sac à dos qu'il avait au Timbernotes. De temps à autre, des objets personnels ou des vêtements apparaissaient, qu'il devait prendre ou acheter quelque part.

Un jour, en descendant les marches qui séparaient mon appartement de la rue, nous avons décidé qu'il me paierait un petit loyer. Il était entré dans ma vie en produisant les mêmes effets que l'air conditionné quand tout va bien : il me rendait l'existence plus légère sans que je lui demande rien et avait immédiatement contribué à mon bien-être.

Nous avions donc fixé cette somme symbolique. Le lendemain, curieux d'en savoir plus sur ses activités, je l'ai suivi de façon puérile. Après avoir débarrassé les tasses et les assiettes du petit déjeuner en sifflotant comme les gens qui n'ont aucune hâte, j'ai fait semblant de travailler.

— Je sors, m'a-t-il annoncé d'une voix claire, mais impénétrable.

— OK. Amuse-toi bien. Ah, au fait... ce soir je ne suis pas sûr de dîner ici.

Par la fenêtre je l'ai vu s'éloigner d'un pas léger. Comme le font les espions dans les films, j'ai observé une distance prudente et me suis appliqué à ne pas me départir de mon air détendu pendant que je le filais. Je ne voulais pas éveiller l'intérêt ou les soupçons des passants, encore que les New-Yorkais sont tellement accoutumés à vivre dans un décor romanesque qu'il faut une dose d'excentricité folle pour les surprendre.

Rocco s'est dirigé vers l'Hudson et a tourné à droite à l'angle de Washington Street, puis il a continué tout droit. Il a ensuite traversé Jane Street et s'est arrêté devant les fontaines du petit parc de Washington Commons. Il n'était pas seul : la chaleur avait attiré d'autres personnes venues lire dans cet endroit ombragé, accompagnées de cafés frappés et de chiens. En dépit de son chaos et de sa précarité, New York regorge d'oisifs dont la richesse n'est ni démesurée ni voyante, mais leur permet d'être maîtres de leur temps. Dans la relative tranquillité de ce lieu je risquais de me faire remarquer, en outre nous étions suffisamment loin de notre quartier pour que Rocco soupçonne quelque chose s'il s'apercevait de ma présence. J'ai donc laissé plus d'espace entre lui et moi, et lorsqu'il a tourné à gauche dans Horatio Street de manière inattendue, j'ai dû me hâter pour ne pas le perdre. Il est entré dans un immeuble à la porte à demi cachée par les échafaudages qui occupaient une grande partie de la rue. Une fille de petite stature dont les cheveux teints en roux s'échappaient de l'élastique qui les retenait lui a ouvert. À trop courir j'étais presque arrivé à sa hauteur. En me découvrant pétrifié sur le seuil, elle a souri, pensant que nous étions ensemble.

— Excusez-moi, j'ai failli vous claquer la porte au nez. Il y a de plus en plus de monde, a-t-elle expliqué en s'écartant pour me céder le passage.

Apparemment elle n'était pas du genre méfiant.

— Oh ce n'est pas grave. Les autres sont déjà là ? ai-je improvisé, sentant de la chaleur gagner mon ventre, peu habitué à mentir aussi effrontément.

Mais elle n'a rien remarqué et a refermé la porte derrière moi.

— Oui. Toute l'équipe est prête, même nos stars ! a-t-elle précisé d'un ton espiègle, comme pour me rendre complice d'une réalité qui en fait m'échappait.

Je l'ai suivie d'un pas aussi résolu que le sien. Elle parlait dans un micro-casque et après m'avoir communiqué son énergie elle paraissait m'avoir oublié. Nous sommes arrivés sur un plateau qui renvoyait une impression d'amateurisme, sans doute le décor d'une publicité. Plusieurs personnes à l'air distrait étaient postées derrière des caméras.

Je me suis caché derrière un écran blanc monté sur roulettes, et j'ai pu ainsi observer discrètement ce groupe disparate. Une femme à la mine acariâtre a installé Rocco dans une position déterminée. Il se laissait faire, les yeux rivés sur son téléphone, puis quelqu'un a bougé l'écran et j'ai dû suivre le mouvement. J'avais l'impression d'être la Panthère rose. Si l'homme qui tirait le dispositif avait remarqué mes pieds, il ne s'en est pas formalisé, mais je savais que cette position allait me trahir, alors j'ai feint de prendre des mesures (dans quel but ? c'était un mystère). Quand il a immobilisé l'écran, l'homme m'a lancé un coup d'œil étonné, mais comme souvent quand on est confronté à une situation bizarre, il n'a pas cherché à creuser davantage. De mon nouveau point de vue je ne distinguais guère la scène, mais j'apercevais Rocco, attentif aux instructions de la femme qui le postait à un endroit avant de le déplacer.

Je l'ai vu s'agiter, gesticuler. J'étais loin du cœur de l'action, mais plutôt que parler, il paraissait faire semblant, comme si pour éviter qu'on ne l'entende il remuait les lèvres en simulant un volume normal. Trois filles tournaient autour de lui, prenaient des mesures, calculaient la distance qui le séparait de différents objets.

— Je peux vous aider ? m'a demandé l'homme de l'écran, dont la curiosité s'est enfin manifestée.

Quelque chose en moi l'avait incité à mener l'enquête.

— Non, non, merci, j'ai tout ce qu'il me faut.

Il a hésité quelques secondes, me scrutant de la tête aux pieds, et j'ai compris que si je m'attardais j'allais avoir des ennuis. J'ai ouvert la main droite, feignant d'évaluer la largeur de l'écran. Il a froncé les sourcils mais ça n'est pas allé plus loin. Je ne lui ai pas laissé le temps de réagir et je me suis empressé de m'éloigner, mine de rien.

J'ai refait le chemin à l'envers et suis rentré chez moi sans avoir glané d'autres renseignements sur Rocco que ceux que je possédais déjà la veille. Il remplaçait peut-être un acteur, mais je n'avais aucune certitude sur ce point. On m'avait dit que lorsque ces derniers sont capricieux ou qu'ils se fatiguent vite, on engage quelqu'un d'autre pour les essais de son et de lumière. J'ai regagné l'appartement sans hâte, pourtant j'étais en nage. Tout le long du trajet, je n'ai cessé de songer à ce que je venais de voir.

Rocco exerçait probablement la profession la plus anonyme de toutes : se faire passer pour quelqu'un qui se glisse dans la peau d'autrui, une image floue qui le suivait comme son ombre, une occupation fantomatique cadrant parfaitement avec celle qu'à défaut d'une autre je m'étais représentée.

Je pouvais, je devais l'interroger sur sa vie, sa profession, afin d'être informé de ce qu'il faisait avant de s'installer chez moi. Mais je pouvais aussi lui permettre de continuer à se poser en témoin idéal et dans l'ombre qui me donnait une bonne raison de rentrer à la maison, de me lever de mon lit et de manger autre chose que des céréales. Il n'existerait ainsi qu'à mes yeux, dans une nébuleuse dont je ne connaissais quasiment rien mais qui me permettait de prendre corps à son contact.

Ce soir-là il n'est pas rentré dans notre espace désormais commun. À la tombée du jour, je suis descendu dîner à la cafétéria d'en face. Je me suis installé près de la baie vitrée en pressentant que j'y resterais longtemps, l'endroit étant ouvert vingt-quatre heures sur vingt-quatre. De là, je voyais très distinctement mon salon toutes lumières éteintes, tel que je l'avais laissé. Et j'ai attendu.

IV

J'ignore combien d'heures se sont écoulées entre le moment où je me suis assis là et celui où le salon de l'appartement s'est éclairé. Je sais seulement qu'à cet instant j'ai sursauté : je n'avais pas vu Rocco entrer par la petite porte rouillée de l'immeuble, mais ça ne pouvait être que lui. Il a ouvert les deux battants de la fenêtre, sa silhouette se découpait contre le rideau. En l'apercevant j'ai eu peur qu'il ne baisse les yeux et ne me découvre, mais ça n'a pas été le cas : dans son blouson en cuir, il regardait fixement le ciel, les deux bras en appui de chaque côté de l'embrasure, de manière théâtrale. J'ai moi aussi levé les yeux, à la recherche de ce qui retenait son attention, mais dans le noir je n'ai distingué que le scintillement timide d'une étoile.

Je ne savais toujours rien de lui, mais sa présence me soulageait dans ma solitude et dans tout ce qui était désormais sans retour : la vie des autres qui se poursuivait sans moi, ma propre existence dépourvue de grandes aspirations, le souvenir de Maddie. Que regardait Maddie à cet instant, voyait-elle dans le miroir son image ou celle de la personne qui faisait son bonheur ?

Dans son anonymat et son indéfinition, j'imaginais Rocco poser comme je l'avais vu faire sur le plateau, mais s'improvisant aussi en tant qu'amphitryon d'événements mondains ou de galas de bienfaisance. Rocco le philanthrope. Rocco dans un pyjama de soie, dansant dans un immense appartement lambrissé de bois sombre. La ville lui ouvrirait les bras pour l'accueillir. Son expression enfantine ferait de son existence une fiction qui rendrait la vie réelle supportable. Rocco, en héros, apporterait de l'éclat partout où il irait, se déplaçant comme s'il glissait, plein de compassion et charismatique. Il pourrait être n'importe qui à condition de n'avoir ni passé ni rien qui le contraigne. Il n'existerait alors que pour me rendre plus léger et me permettre d'écrire ces lignes.

Adossé dans l'encadrement de la fenêtre, il tapait avec concentration sur le clavier de son téléphone. Il n'avait ni l'allure d'un philanthrope ni celle d'un amphitryon, des rôles qu'il ne semblait au demeurant pas avoir envie de jouer. Qu'attendais-je donc de lui ? Qu'il soit là sans avoir d'existence propre ? Qu'il demeure à mes côtés et ne me quitte jamais ? Qu'il n'ait besoin de rien d'autre ?

À cet instant une voiture a pilé net devant la cafétéria. Le bruit des freins sur le bitume nous a fait sursauter, les serveurs et moi. Quand j'ai de nouveau tourné la tête vers le balcon, Rocco ne tapait plus et me contemplait, les yeux rieurs. Il a haussé les épaules et levé les mains, comme pour dire : Qu'est-ce que tu fais là ? Tu montes ? Si tu restes je descends.

Il ne se doutait pas que je l'avais suivi et que je m'étais installé là le temps qu'il rentre. Pourquoi aurait-il soupçonné des intentions que je méconnaissais moi-même ?

Il est bon de se retrouver hors du foyer avec la personne qui partage sa vie. Se voir habillé pour aller dans le monde extérieur resserre les liens, tout comme boire un verre dans un bar en sachant qu'on regagnera ensuite l'espace où chacun a ses petites manies et ses traitements médicaux. Lorsque Rocco m'a rejoint et qu'il s'est assis à ma table, cette intimité n'était visible que de nous. J'ai songé au soir où nous nous étions enivrés au Timbernotes et à la complicité qui nous unissait depuis lors. Maintenant nous savions tous deux que le réfrigérateur était à moitié vide et que le congélateur regorgeait de Tupperware, quelle pression exercer sur la porte d'entrée pour l'ouvrir et l'endroit où le canapé s'enfonçait.

— Prendre l'air hors de l'appartement m'aide à écrire mieux, mais si je m'éloigne trop, ça me coupe dans mon élan. Tu n'as jamais éprouvé le désir irrépressible d'être ailleurs, et de découvrir une fois que tu y es que c'est trop tard ?

Il était inutile que je me fende d'autant d'explications car il n'avait pas cherché à savoir pourquoi j'étais installé là.

— Non, ça ne m'arrive jamais. Trop tard parce qu'il n'y a plus personne ou parce que la situation a changé ?

— Parce que ce la situation a changé, mais c'est juste une perception. Je dois sortir pour ordonner mes idées avant de les coucher sur le papier. Le problème, c'est que la ville est grande et pleine d'obstacles, et que parfois, pendant que je marche, je perds tout.

— Tout ?

— Cet élan, l'envie d'écrire et aussi mes idées. Dans l'appartement j'ai toutes les conditions requises pour travailler, pourtant je me sens immatériel et sans témoins.

— Et ici, quels sont tes témoins ? m'a-t-il demandé d'un ton moqueur mais bienveillant.

Il a regardé autour de nous : il n'y avait pas un chat.

— C'est vrai. Ici non plus je n'ai pas de témoins, ai-je concédé. Aujourd'hui je n'ai rien fait de bon et j'ai tout perdu.

(Parce que je t'ai suivi et que je me suis figuré que tu n'existais que pour moi, ai-je songé.)

— Et quand tout va bien, qu'est-ce que tu fais ? Tu écris des histoires ?

— Oui. J'écris ce que je peux.

(Et dernièrement c'est toi que j'écris après t'avoir observé à ton insu quand tu crois être seul.)

Il m'a regardé d'un air à la fois empreint de pitié et d'affection, en passant un doigt sur les montagnes de son tatouage.

J'ai pensé que j'avais échoué dans la bataille qui visait à éveiller son intérêt, mais peut-être savait-il qu'il n'y avait jamais eu la moindre guerre de ce genre, donc ni vainqueurs ni vaincus. Le fait est que ce soir-là il m'a accordé une trêve au nom de notre complicité et de notre espace commun.

— Tu écris sur nos Tupperware ? C'est pour ça qu'ils sont toujours dans le congélo, comme des témoins ? m'a-t-il lancé, très sérieux.

J'ai souri et il a fait de même.

— J'ai oublié ce qu'ils contiennent. J'espérais que tu te risquerais à en ouvrir un, c'est pour ça que je t'ai proposé de vivre avec moi, mais tu n'y as pas touché.

— On le fera ensemble. Je n'ai pas envie d'être ton cobaye. En attendant, dînons plutôt chez le Vietnamien. Les portions sont tellement grandes qu'on rentrera avec une nouvelle boîte à ajouter à ta collection.

— Notre collection ! ai-je corrigé avec emphase.

Il pouvait le prendre comme il le voulait. S'il ne relevait pas, je m'en remettrais (j'avais déjà fait chou blanc sur le reste).

— Oui, notre collection, bien entendu.

Il m'a regardé droit dans les yeux en ajoutant d'un ton impassible qu'il honorerait sa part du contrat alors que nous n'avions rien arrêté.

Les personnes qui attiraient Rocco étaient à l'évidence plus jeunes que moi, hommes ou femmes d'une beauté encore éclatante promis à un brillant avenir, avec des vices magnétiques. Des gens qui étaient tout le contraire de moi : ils ne soupaient pas d'un bol de céréales, ne transpiraient pas à toute heure et ne baladaient pas leur carnet dans toute la ville.

— Allons-y. J'ai faim. Si on traîne trop il n'y aura plus de place, a dit Rocco en se levant.

Tandis que nous marchions vers le restaurant, j'ai songé que ce dîner en tête à tête serait parfait pour tenter d'en apprendre davantage sur son compte. Mais ce qui venait de se passer à la cafétéria m'échappait. Si le désir intervenait dans notre relation, je ne me l'étais jamais formulé, toujours est-il que quelque chose s'était brisé entre nous, ou alors le moment où les mots n'avaient pas encore pollué notre amitié était révolu.

— Qu'est-ce que tu fais dans la journée ? Tu travailles ? lui ai-je demandé en m'asseyant.

Je me sentais ridicule, dans la peau d'un père qui semonce son fils, la pire version du ridicule, celle où on exige des explications.

— Oui, je travaille. Avant de m'installer chez toi j'étais comédien, et maintenant je remplace des acteurs pendant les essais de son et de lumière.

— Tu ne joues plus ?

— Non. J'ai dû m'éloigner de mon milieu et surtout de mes colocataires, qui sont également comédiens. Je ne peux plus les voir, enfin… c'est plutôt eux qui ne peuvent plus me voir. Alors la semaine dernière j'ai commencé à faire ces remplacements. Avant, je n'avais pas de boulot.

Son expression avait changé. Je ne savais pas comment réagir à la peur qui se dégageait de lui, ni comment l'amener à m'apporter des précisions sur ses colocataires et l'urgence qu'il ressentait à s'éloigner d'eux. Je préférais ne pas me montrer insistant.

— Les premières semaines où tu étais à la maison, tu ne travaillais pas ?

— Non. Le jour où on s'est rencontrés, je n'exerçais plus aucune activité.

— Tu ne me l'avais pas dit.

— Tu ne m'as jamais posé la question.

— Je ne voulais pas m'immiscer dans ta vie privée. Que s'est-il passé avant le pot au Timbernotes ?

— Je venais de quitter l'appartement que je partageais avec Emi et Prandi, mes colocataires. Ta proposition est tombée à pic, j'étais soulagé. Les deux premières semaines, je suis à peine sorti.

Je percevais chez lui l'angoisse des individus qui sont paniqués par l'avenir et choisissent de garder le silence. Ce soir-là, il m'a paru paralysé par une réalité que je ne parvenais pas à définir. Jamais il ne me serait venu à l'esprit que les hésitations de Rocco puissent être attribuées à de la peur. Une foule d'interrogations se bousculaient dans ma tête, mais j'ai attendu. Il a pris une gamba avec ses baguettes qu'il a immobilisées à mi-chemin entre son assiette et sa bouche :

— Quand on s'est rencontrés, j'avais passé la journée à déambuler et je ne savais pas où j'allais dormir cette nuit-là ni toutes celles qui suivraient, m'a-t-il avoué avec consternation. Je m'étais échappé de là où je vivais en silence, comme un fantôme qui se volatilise pour ne plus revenir.

Ce fameux matin, en sortant de la tente dans l'immensité de la plage soqotri, je voulais partir au plus vite, mais je pris quand même le temps de m'approcher du rivage et de laisser l'océan Indien me baigner les jambes. L'étude d'un neuroscientifique qui avait étudié les bénéfices de la mer sur le cerveau me revint à l'esprit : la mer avait des effets positifs sur le système immunitaire et facilitait la circulation du sang. La mer, l'amour. Ils avaient la capacité de procurer un bien-être indiscutable, mais pouvaient aussi se révéler fatals si on ne se maintenait pas à flot.

Je songeai qu'une bonne baignade me fouettant le sang ne me serait d'aucune utilité si je ne me sortais pas de cette galère. C'est une idée inconcevable, l'éventualité que quelque chose se passe vraiment mal au point de nous faire quitter à jamais le monde des vivants. La vie est tenace et l'instinct de survie une question d'entêtement. Je mis fin à mon extase immersive pour regagner la tente et procéder à un inventaire : il me restait quelques sachets de nourriture déshydratée, de l'eau, une trousse à pharmacie, un couteau suisse. Le sac à dos de Daniel contenait d'autres victuailles, une boussole et quelques objets qui pouvaient se révéler une aide précieuse. J'aurais pu hurler et le maudire, mais étant seule avec les éléments potentiellement hostiles de l'île, je préférais ne pas entamer de bataille verbale contre eux.

Depuis Hadiboh, la capitale, nous avions marché deux jours avant d'atteindre cette plage, non par la côte mais par Jo'oh, un secteur où s'étaient bien implantés les arbres-concombres. Je dépliai la carte afin de comprendre où je me trouvais. Je ne pouvais pas être très loin d'Hadiboh, tout au plus à une trentaine de kilomètres. Quant à la plage où nous avions planté notre tente, il devait s'agir de Delisha. Je sais à présent que je voyais juste et que ce nom signifie « plaisir » en arabe, ou selon le contexte la possibilité de rendre les gens heureux. Au lieu de refaire le chemin à l'envers en passant par Jo'oh, il me serait plus simple de suivre le littoral, ce qui m'éviterait de me perdre, et je finirais par atteindre la capitale. Si je me trompais de direction je courrais à ma perte, mais si la mer s'étendait vers le nord, alors j'étais certaine d'aller vers l'ouest. Étais-je dans le vrai ? Ayant un piètre sens de l'orientation, très mal équipée, disposant de peu de vivres, la tête pleine de poèmes, je me mis en route.

Le sol caillouteux se changea rapidement en sable fin qui formait une immense dune descendant vers le rivage, majestueuse par ses dimensions et sinueuse dans sa texture ; la contourner par l'avant était inenvisageable, le faire par l'arrière supposait plus d'heures que je n'en mettrais à la gravir pour descendre de l'autre côté. Comment serait le sable au sommet ? Trop fin pour supporter mon poids ?

La chaleur devenait de plus en plus torride. Plus vite je quitterais les lieux et moins je souffrirais du soleil de plomb lorsqu'il était au plus haut dans le ciel. Je vis des images de personnes perdues dans le désert, songeai au cerveau, qui élabore des paysages de palmiers dans des oasis bien fraîches, mais toutes ces représentations mentales étaient celles de dessins animés, de sorte que je n'étais pas sûre qu'elles soient aussi théâtrales dans la réalité. De quelle manière me souviendrais-je de ces instants si je survivais pour les retracer ? Je décidai de monter sur la dune. Si elle n'était pas assez solide, je rebrousserais chemin et en ferais le tour par l'arrière.

Comme je suis de nature superstitieuse, je croyais avoir chassé les scènes idylliques de Socotra en les imaginant. Tandis que je m'approchais de la dune, un papillon voleta et me rappela l'effet qui portait son nom, selon lequel un battement d'ailes peut changer la réalité dans deux mondes identiques que seul ce battement différencie. Dans l'un se produit une tornade qui le détruit, dans l'autre non. Dans quel univers me trouvais-je ? Celui où le héros se sauve ou celui où il est englouti ?

L'insecte s'éloigna vers la mer et j'entamai mon ascension. Comme dans un mirage, je distinguai quelqu'un au sommet. Un homme agitait un bras pour attirer mon attention. Si j'étais en passe de sombrer dans la folie, je le faisais en toute clarté car je l'entendis prononcer mon prénom. Puis je compris que c'était Saleh. Je plantai mes genoux dans le sable, et quand il arriva à ma hauteur, je ruisselais de sueur et multipliais les remerciements. Il avait accompagné Daniel à Hadiboh et ils étaient convenus qu'ensuite il reviendrait me chercher, m'informa-t-il. Mais il s'était blessé au mollet, ce qui l'avait retardé.

— Et Daniel ? demandai-je.

Il baissa la tête tandis que je murmurais d'autres mercis. Nous retournâmes sur le rivage pour qu'il lave sa plaie, je lui montrai ce que j'avais dans mon sac à dos. Il désigna la tente : nous devions la prendre également au cas où, même si elle était lourde.

Il s'apprêtait à parcourir la distance entre la plage de Delisha et Hadiboh pour la troisième fois. Il avait passé la moitié de la nuit à marcher avec Daniel, l'autre moitié seul, pour revenir me chercher, un périple au cours duquel il s'était fait une coupure au mollet.

Soucieuse de garder certaines choses pour moi, j'évitai de parler de cela à Terry et Bou.

— Comment as-tu quitté Socotra ? Tu ne nous as rien dit ! se plaignit Terry.

— Saleh, notre guide, est venu me chercher. Nous sommes rentrés ensemble, j'ai passé la nuit chez lui et j'ai pris l'avion le lendemain.

— Ah ! Mais... qu'aurais-tu fait si ce Saleh ne s'était pas déplacé ?

Je n'avais pas du tout l'intention de me lancer dans de nouvelles conjectures après les avoir chassées un nombre incalculable de nuits de ma tête, toujours tentée par la pensée hypothétique. Saleh était revenu et j'avais installé un épouvantail pour éloigner toutes sortes de suppositions.

Le retour fut difficile mais pas interminable. En dépit des tristes circonstances, Saleh manifesta son enthousiasme coutumier, et lorsque nous nous arrêtions pour boire de l'eau, il m'informait des curiosités de l'île.

Quand nous croisâmes un pétrolier échoué à proximité des dunes, il m'annonça que nous avions fait la moitié du chemin. L'histoire du *Gulf Dove* était une tragédie pour la conservation de la faune et de la flore de l'île, m'expliqua-t-il. Le bateau avait fait naufrage un an auparavant, détruisant la barrière de corail sous-marine. On ne disposait guère d'informations à propos du cargo, mais tout indiquait qu'aucune évacuation n'était prévue à court terme. Nous longeâmes de près la coque gigantesque et détériorée qui avait l'air d'une épave spectrale sur le sol. Comment était-ce à l'intérieur ? Un silence terrifiant rompu par les grincements de sa structure rouillée, un constant goutte à goutte, d'épaisses nappes du pétrole que ce bateau avait un jour transporté ?

J'ai pensé au *Gulf Dove* quand Terry a évoqué la discussion qu'il avait eue avec Mina au Jane Hotel. Les touristes payaient pour recréer une illusion qui les amenait à sentir, momentanément et sans risques (mais la situation a changé par la suite), ce qu'avaient éprouvé les marins pendant des siècles : la solitude, l'impression d'être prisonniers de navires colossaux qui pouvaient aussi bien être leur planche de salut que leur tombe, entourés d'une mer à laquelle ils devaient se fier s'ils ne voulaient pas devenir fous.

Quand Saleh distingua les premières maisons à l'est d'Hadiboh, il me les montra du doigt et se tourna vers moi avec un grand sourire : « Yallah, yallah ! » Je lui répondis que s'il m'indiquait la route à prendre, j'irais à l'aéroport et, de là, j'attendrais le prochain vol d'Air Arabia à destination d'Abu Dhabi, mais il refusa d'un signe de la tête. Ils en avaient parlé, m'apprit-il en adoptant la troisième personne du pluriel. Daniel ayant pris le seul vol du jour, je dormirais chez lui et partirais le lendemain.

La journée qui venait de s'écouler dépassait l'entendement. Daniel aurait pu rompre avec moi dans la matinée. Nous nous serions alors acheminés vers Hadiboh avant de repartir ensemble en Espagne. Désolés et tristes, nous aurions discuté pendant les escales : entre nous ça ne marchait pas. Nous aurions pris congé l'un de l'autre à l'aéroport de Barajas, incrédules et somnolents. Mais rien de tout cela n'était arrivé, et plus tard je me suis réjouie de n'avoir pas vu les yeux pleins de pitié de Daniel. Aurais-je quitté l'île si Saleh avait perdu davantage de sang et n'avait pas pu me rejoindre ? Mon épouvantail à conjectures était là pour faire disparaître cette question ainsi que l'image des adieux larmoyants à Barajas, qui n'ont pas leur place dans cette histoire.

Saleh vivait avec Jananiah, son épouse, leurs quatre enfants et ses parents. Peu après notre arrivée, je sombrai dans un sommeil profond. Je me réveillai dans l'obscurité et des odeurs de nourriture. Je vis les souvenirs sans doute offerts par les touristes à qui Saleh proposait ses services de guide : une statuette d'Elvis Presley, un poster disant *ALOHA !*, des magazines américains et d'autres objets hétéroclites. Je supposai que grâce à ces contacts avec les étrangers, la famille de Saleh bénéficiait d'un confort dont la plupart des habitants de l'île étaient privés. Des étrangers qui visitaient Socotra, comme Daniel et moi, et pour lesquels l'île ne représentait qu'un paysage d'arbres sublimes et de plages éternelles.

Jananiah me montra où se trouvait la salle de bains. Nous ne parlions pas la même langue, mais cela n'a jamais été nécessaire pour se comprendre. Je me suis assise dans sa cuisine avec elle et son nourrisson, et lorsque ses trois autres enfants ont fait leur apparition, elle leur a dit mon nom en leur demandant de me faire visiter la cour. L'aîné m'a prise par la main pendant que sa mère donnait le sein au bébé.

En passant j'ai vu dans le petit lavoir mon reflet instable et fractionné, comme lorsqu'on se regarde dans le miroir tremblant d'une surface aqueuse.

Are you alive ?
I touch you.
You quiver like a sea-fish.
I cover you with my net.
What are you – banded one ?

Es-tu vivante ?
Je te touche.
Tu frémis comme un poisson de mer.
Je te couvre de mon filet.
Qu'es-tu – sous ce treillis ?

Pendant le dîner, Jananiah tapait en arabe sur le clavier de son téléphone et me montrait ensuite ses phrases traduites en espagnol. Je remarquai qu'on avait changé le bandage de Saleh. Il me dit que le lendemain matin il me conduirait à l'aéroport pour changer mon billet et réserver une place sur le prochain vol, puis il sortit avec ses enfants.

Jananiah et moi débarrassâmes la table en veillant sur le bébé, qui dormait dans un couffin.

Je la remerciai pour tout, joignis mes paumes de main en les plaçant contre mon oreille et inclinai la tête pour mimer le sommeil. Elle acquiesça gentiment, reprit son portable, tapa sur l'écran qu'elle tourna vers moi en posant sa main gauche sur mon ventre.

Tu vas voir le docteur et tout ira bien.

Nous venions de nous réinstaller dans notre compartiment quand la sonnerie d'un téléphone retentit. Terry regarda autour de lui en se demandant si le propriétaire de l'appareil comptait décrocher et tarda encore un instant avant de prendre conscience qu'il s'agissait du sien. Il fouilla dans ses poches et quand il l'eut trouvé, il sortit dans le couloir et répondit d'un ton sec bien différent de celui qu'il adoptait pour évoquer ses souvenirs.

— Tu t'amuses un peu pendant ces voyages en train ? me demanda Bou.

— Absolument pas. Et ça m'étonnerait que je rencontre des gens comme vous les prochaines fois.

— Je prends ça comme un compliment, dit-il en souriant.

— Tu connais des tours de magie ou tu aimes surtout être spectateur ?

— J'ai essayé de m'y mettre. Le hic, c'est que je ne suis pas doué. Je crois que je préfère être trompé que tromper. Parfois je répète les tours que j'ai déjà appris, mais pour être vraiment bon, il faudrait que j'y consacre beaucoup plus de temps.

Terry nous rejoignit, le visage sérieux, comme si sa brève conversation téléphonique l'avait abattu.

— Terry, Hans a vécu avec toi ? l'interrogea Bou en plongeant ses yeux dans les siens avec insistance.

— Non. Il a toujours conservé son appartement. Il passait beaucoup de temps chez moi, c'est sûr, mais il s'était gardé cette porte de sortie. Notre relation n'était pas celle de Rocco et du professeur.

Combien de fois s'était-il justifié de la sorte ? Il donnait probablement cette réponse aux autres, mais aussi à lui-même. Son visage trahissait la tension d'un homme obnubilé par le passé et tourmenté par le présent, et l'air consterné qu'il affichait dans le train était peut-être la conséquence directe des liens qui l'unissaient à Hans, qu'il se rappelait avec nostalgie.

— Mais vous êtes bien allés à Majorque ensemble, non ? s'obstina Bou.

— Majorque, c'était il y a quelques années, et j'étais seul. En revanche Hans et moi sommes allés à Cambridge, dans le Massachusetts. C'est moins idyllique que la sierra de Tramontana, soupira Terry, las de ces interrogatoires.

— Et vous avez fait quoi à Cambridge ? dit Bou en fronçant les sourcils.

— Il m'a accompagné à un congrès, mais rien de ce que tu imagines n'est arrivé. Rien non plus de ce qu'a insinué Donovan Seymour dans son article, où il a écrit que j'ai offert à mon jeune amant un séjour torride aux Baléares avant de bousiller sa vie. Il n'y a rien eu entre nous : ni aventure torride ni voyage à Majorque. D'ailleurs Hans n'a jamais été mon amant. Quant à savoir si j'ai bousillé sa vie... eh bien... tout dépend de la façon dont on interprète les faits.

Après avoir énuméré lesdits faits, il s'apprêta à nous révéler ce qui était réellement survenu.

— Hans se sentait de plus en plus mal chez lui. Il n'arrêtait pas de se disputer avec ses colocataires, au point qu'il y a eu des menaces et des cris, une violence toujours latente prête à éclater. Je crois qu'il a été incroyablement soulagé quand je l'ai invité à Cambridge. Nous avons passé trois jours dans un appartement de location, en face du fleuve Charles. Le matin il faisait son jogging sur les berges pendant que j'allais au congrès. Nous achetions à manger dans une petite épicerie italienne qui s'appelait Rocco. Ils vendaient des sandwichs à la mozzarella et au *prosciutto crudo,* sortaient les tomates séchées de gigantesques bocaux et préparaient le meilleur déjeuner qui soit à des kilomètres à la ronde.

— L'épicerie Rocco ? répéta Bou.

À moi non plus ce détail n'avait pas échappé, mais je n'avais pas voulu interrompre Terry.

— Oui, je sais. Les hasards capricieux de la vie. Si on le lisait dans un roman, on aurait peine à y croire. Bon. Nous mangions nos sandwichs au bord du fleuve, et quand je sortais du congrès nous visitions les musées. Je me souviens encore de la tête de Hans devant la collection de fleurs en verre du musée d'Art botanique de Harvard. Il était soufflé !

— Tu connais ce musée ? Tu as vu cette collection ? me demanda Bou, tirant Terry de ses évocations.

Je lui répondis par la négative mais ajoutai que j'avais lu récemment un roman qui se déroulait autour de cette collection.

— Tu dois y aller. C'est ce qui s'apparente le plus à de la magie. Un pur artifice, toute une série de reproductions de plantes et de fleurs qui sont de parfaites copies en verre réalisées dans un but éducatif. Les visiteurs le savent, ce n'est un secret pour personne, mais elles sont comme vraies !

Terry l'observait, estomaqué. Bou ne l'avait certainement encore jamais interrompu ainsi.

— Si tu comptes nous faire un cours magistral sur les musées de Harvard, nous t'écoutons.

Le jeune homme se tassa dans son fauteuil et rendit la parole à son professeur.

— Un après-midi, nous nous sommes assis sur un banc le long du Charles, et j'ai dit à Hans que la sensation d'humidité que j'éprouvais à proximité de ce cours d'eau me rappelait mon enfance. Je suis né dans le Mississippi, une région où les étés sont poisseux, écrasants de chaleur. Respirer l'air rendu aqueux par le fleuve m'avait renvoyé aux nuits visqueuses que je passais dans un demi-sommeil, et quand je m'endormais enfin, je rêvais que j'étais sous l'eau.

J'éprouvais de la compassion pour Terry. Moi aussi je connaissais le demi-sommeil, cet état où le cerveau hésite entre dormir et se réveiller. Dormir parce que le corps l'exige, veiller pour que ce même corps ne reste pas sans surveillance quand vient le songe de la raison.

— Que j'aie raconté à Hans les nuits de mon enfance au bord du Mississippi l'a incité à me confier l'histoire qui a déclenché le drame, le sien et le mien, parce que moi aussi j'ai souffert de sa disparition.

Terry contemplait l'obscurité par la fenêtre, puis il s'est brusquement tu et a fermé les yeux, perdu dans un recoin de sa mémoire. J'ai toujours été intriguée par le fait que lorsqu'on se replie sur soi, on se réfugie dans les recoins les plus secrets de son être. Ces termes peuvent s'appliquer à beaucoup de monde, ils sont interchangeables, pourtant jamais je ne dirais que moi, Alicia, je me replie sur moi-même alors que cela me décrit parfaitement.

— Terry ?

— Pardon, Bou. Je me rappelais le moment où Hans m'avait dit, accablé, que son enfance avait elle aussi été marquée par des nuits hachées bien plus terrifiantes que les miennes. Quand il s'endormait il avait des visions inquiétantes qui avaient l'apparence confondante de la réalité. Il entendait parfois un bruit de plus en plus assourdissant, et quand il levait la tête il découvrait une dalle meurtrière qui se détachait du plafond. Quand il était dans la phase du sommeil paradoxal, il ne pouvait pas échapper à l'horreur, et quand il se réveillait il s'apercevait qu'il ne s'était couché que quelques minutes auparavant. D'innombrables visions angoissantes le paniquaient sans qu'il parvienne à en établir l'origine : elles étaient soit suggérées par son subconscient, soit réelles. Les plus récurrentes remontaient aux mois qui avaient précédé le divorce de ses parents.

Terry marqua une pause, de nouveau perdu dans ses pensées.

— Ses parents se disputaient dans la journée, mais le petit garçon qu'était Hans n'a jamais su s'ils continuaient la nuit. Il était incapable de déterminer si ces atrocités survenaient dans la vraie vie ou dans ses cauchemars. Son père, un Suisse allemand qui mesurait près de deux mètres, était colérique et agressif quand il se chamaillait avec sa mère. Leurs hurlements s'intensifiaient le soir, alors sa mère envoyait le garçon terrifié dans sa chambre. Une fois au lit, somnolent, Hans distinguait le corps de son père dans l'encadrement de la porte, la silhouette de sa mère pleurant au pied du lit, leurs éclats de voix diffus, et sur les murs leurs ombres de plus en plus grandes et de plus en plus proches. Il essayait de bouger et de crier. La confusion et l'angoisse de ces nuits ont augmenté à mesure que les relations de ses parents se détérioraient, et les semaines qui ont précédé leur séparation Hans était la proie d'un supplice où les limites entre la réalité et les images envoyées par son cerveau devenaient indistinctes.

« Un jour, sa mère l'a emmené chez un psychologue pour enfants qui lui a conseillé de s'adresser à une neurologue spécialisée dans les troubles du sommeil. La docteure Ponidopoulos était une excellente clinicienne proche de ses petits patients. Elle était grecque mais avait un cabinet à Genève, à une heure de route de la localité où ils vivaient. Après une première visite, la neurologue lui a fait une polysomnographie et d'autres examens. Ils se sont vus à plusieurs reprises ; Hans était timide mais avait de bons rapports avec cette femme qui lui faisait oublier sa peur devant les fils des électrodes.

« À la fin d'une séance, elle a expliqué à Hans et à sa mère que le garçon avait des hallucinations hypnagogiques, du grec *hypno*, qui signifie « sommeil », et *agōgos*, qui veut dire « induire ». Ces hallucinations surviennent pendant la phase d'endormissement et peuvent être visuelles, auditives ou même tactiles, comme cela semblait être le cas pour le garçon. Hans se souvenait que la docteure discutait d'abord avec sa mère et qu'elle veillait ensuite à ce que tout soit clair pour lui : « Madame Haig, certains patients décrivent ces visions comme des expériences paranormales, des apparitions ou des prémonitions ; quoi qu'il en soit, elles peuvent être la cause d'un grand stress et d'anxiété, même si elles ne représentent aucun danger en soi. » « Hans, il y a des gens qui croient que ce qu'ils voient sur le moment est vrai, ce qui n'est pas le cas. C'est comme si tu regardais un film pour adultes qui fait peur, mais tu sais que c'est du cinéma. » « Madame, les hallucinations hypnagogiques sont souvent accompagnées d'une paralysie du sommeil. Si Hans a ce problème, il sentira qu'il ne peut pas bouger, ce qui est atroce et angoissant. » « Quand ça t'arrive, Hans, et que tu ne peux plus bouger, reste calme, ça ne dure en général pas longtemps. Respire en fermant les yeux et pense à tes dessins animés préférés. »

En nous détaillant les recommandations que la neurologue avait faites à Hans, Terry donnait l'impression de remonter le temps et de se transporter dans l'espace.

— Je crois que même si une partie du diagnostic lui échappait, à son jeune âge Hans a compris que l'apparence des faits était plus grave que les faits, et il préférait cela et non l'inverse.

Je me demandai si Hans lui avait réellement fourni autant de détails ou si Terry s'était renseigné de son côté sur les conséquences de ces troubles.

— Hans m'a dit qu'il avait éprouvé une immense reconnaissance envers la docteure Ponidopoulos, qui avait su lui parler dans la langue des enfants et avait atténué sa peur de s'endormir. Mais tant que les disputes entre ses parents ont continué et qu'ils n'ont pas divorcé, il a eu des hallucinations. Je n'ai jamais été aussi proche de lui qu'après cette conversation. Je l'ai interrogé pour savoir s'il avait eu des visions par la suite. Il a baissé les yeux en m'avouant qu'il n'aurait jamais pensé devoir de nouveau se battre contre ces terreurs nocturnes, mais quelques semaines auparavant, quand la tension entre ses colocataires s'était aggravée, les hallucinations étaient revenues. J'étais surpris que cela l'affecte autant à son âge, mais j'ai surtout été étonné par l'intensité de sa tristesse quand il m'en a parlé.

« Je me suis rappelé la discussion que j'avais eue avec Mina au Jane Hotel. Elle avait pressenti sa souffrance. J'ai dit à Hans que je me doutais qu'il allait mal, mais que je n'avais pas pris la mesure de ses tourments. Il m'a regardé, alarmé : il n'était pas certain qu'il s'agissait des mêmes troubles, pourtant il avait l'impression de revivre les mêmes angoisses que lorsque ses parents se disputaient et qu'il se couchait en entendant leurs voix qui continuaient de résonner dans ses hallucinations : des propos menaçants et violents qui avaient l'apparence d'une réalité effrayante sans qu'il sache s'ils avaient vraiment été proférés. L'origine de son anxiété était là, dans le fait qu'il se demandait si, au cours de ces épisodes, une personne avait frappé une autre personne ou si toutes deux s'étaient endormies côte à côte. Depuis que ses colocataires avaient commencé à se quereller, scellant le retour de ses hallucinations, il éprouvait de nouveau les mêmes frayeurs que dans son enfance et redoutait de s'endormir. Maintenant qu'il était un adulte, il était parfaitement conscient qu'en définitive il avait peur de la peur, m'a-t-il confié d'une voix tremblante.

V

Ce soir-là, au restaurant vietnamien, Rocco m'a dit qu'il me serait toujours reconnaissant de lui avoir fait une place dans mon appartement. Il m'a avoué être soulagé de ne plus avoir à rentrer chez lui, sauf pour aller y récupérer des affaires. Je lui avais fait confiance sans le connaître ni d'Ève ni d'Adam. Pourquoi avais-je pris ce risque ?

— Je l'ignore. Quelque chose dans tes manières m'a poussé à agir comme si on était des amis intimes alors que c'était la première fois qu'on se voyait.

— C'est vrai... On a parfois cette impression avec les inconnus, mais... tu n'avais pas peur que je te vole ou que je fasse changer la serrure pour m'approprier les lieux ?

— Non, je me suis dit que tu allais peut-être me tabasser, pas que tu me flanquerais dehors. Comme je ne suis à New York que pour une période déterminée, je me fichais pas mal de l'appartement ! ai-je répondu en riant.

— Te tabasser ? Quelle idée ! s'est-il esclaffé. Jamais je ne lèverais la main sur toi !

On nous a apporté d'autres plats. Rocco a croqué dans un rouleau de printemps.

— J'aimerais que tout soit en règle entre nous, pour ne plus avoir à remettre les pieds là-bas, reprit-il, légèrement rembruni. On forme une bonne équipe, non ? Je ne veux pas revoir Emi et Prandi. Au début, je pensais que c'étaient juste des hauts et des bas, des drames sans gravité, mais c'est bien plus que ça. Je ne peux plus vivre avec eux.

— Il y a quelque chose qui m'échappe. Bien entendu qu'on forme une bonne équipe et que tu peux emménager officiellement quand tu en auras envie. Je n'aurais jamais cru que ce serait si simple de cohabiter. Mais, que t'ont-ils fait, Emi et Prandi ?

— À moi, rien. Mais leurs disputes sont de plus en plus violentes. Prandi sait comment calmer Emi, mais je ne veux plus être témoin de leurs scènes de ménage.

— Tu n'as pas à y retourner. Je te l'ai déjà dit : depuis que tu partages ma vie j'ai l'impression d'être en plein rêve. J'écris davantage et je dors mieux.

J'aurais dû l'interroger afin qu'il m'apporte des précisions sur ses colocataires, qui étaient pour moi des inconnus. Mais Rocco était en face de moi, il désirait s'éloigner de sa vie passée et entamer une nouvelle existence à mes côtés, de sorte que je n'ai pas osé le questionner.

— Te rencontrer est ce qui m'est arrivé de mieux depuis que je me suis installé dans cette ville, ai-je ajouté.

Cette conversation était de celles qui tournent autour d'un sujet qui devient peu à peu central sans qu'on l'aborde jamais, un peu comme l'axe d'un manège. Je m'en étais néanmoins approché dans mon dernier commentaire, et Rocco en profita pour désamorcer une inquiétude.

— En parlant de ça... Ne le prends pas mal, mais... tu m'as proposé de venir vivre ici en espérant qu'on coucherait ensemble ?

Le sujet devait être tôt ou tard mis sur le tapis, c'était inévitable, mais en entendant ces mots j'ai réagi comme un grossier personnage et me suis récrié, comme le font beaucoup d'hommes dans ce genre de situation je suppose.

— Comment peux-tu insinuer une chose pareille ? Pour qui me prends-tu ? En plus de te proposer d'être mon colocataire, tu crois que je ne sais pas que je suis beaucoup plus vieux que toi ?

Je lui ai assené un chapelet de protestations indignées qu'il a supportées en silence.

— Désolé, mais comme nous sommes de plus en plus proches, je préférais en être sûr.

— Si ta question consiste à savoir si tu dois coucher avec moi pour continuer à vivre dans mon appartement, la réponse est non. Et puis ça fait des années que les hommes ne m'intéressent plus.

— Je te demandais juste si tu espérais qu'on aille plus loin et si tu es déçu que ça ne soit pas le cas.

Nous aurions pu continuer ainsi toute la soirée. J'ai songé aux innombrables fois où les hommes mettent les femmes dans l'embarras, ce que je venais de faire avec Rocco, et je me suis détesté d'être aussi caricatural. J'ai tenté de faire marche arrière en ravalant ma salive et mon ego.

— Oui, peut-être, c'était inconscient de ma part. Cela fait longtemps que mon regard ne s'est pas porté sur un homme, mais quand je t'ai invité chez moi, je ne pensais pas à ça. Une fois que tu as été là, j'étais heureux d'avoir un témoin à mes côtés, et je crois que je me suis senti de mieux en mieux en m'apercevant que tu étais la personne idéale. Il ne faut pas que tu interprètes mal ce que je te dis là : je n'attends rien de toi en échange, hormis le petit loyer dont on a parlé.

— Tu peux compter dessus ! Et aujourd'hui, c'est moi qui t'invite à dîner ! s'est-il exclamé en m'adressant un clin d'œil.

Tout aurait pu en rester là, mais avec le même entrain que celui que j'avais mis à lui demander de s'installer chez moi, je lui ai proposé de m'accompagner à Majorque la semaine suivante. Comme le premier soir que nous avions passé avachis sur les poufs-pièges, il n'a pas exigé plus de détails et s'est contenté de lever son verre de vin blanc :

— À Majorque !

J'avais réservé ce séjour aux Baléares un peu moins d'un an auparavant, dans la tentative de sauver ce qui existait encore entre Cynthia et moi, alors qu'aucune île méditerranéenne ne pouvait préserver cette relation qui, il fallait s'y attendre, s'est terminée bien avant la date de ces vacances. Si j'avais gratté un peu à la surface, je me serais rendu compte que notre amour était sans avenir. Mais, fidèle à une habitude ancienne et machiavélique, on transfère la responsabilité sur l'autre et on lui dit : J'ai tout essayé ! Comment oses-tu me reprocher quoi que ce soit ? J'ai même organisé un voyage à Majorque et tu m'as laissé tomber !

J'avais découvert l'hôtel en regardant un documentaire intitulé *La Majorque littéraire*. Il était caché dans la sierra de Tramontana, près du village de Deià, la partie de l'île dont s'étaient entichés des peintres et des écrivains tels que Robert Graves, Gertrude Stein, Picasso, Julio Cortázar ou Gabriel García Márquez. Comment ne pas être curieux de connaître l'endroit après avoir vu ces images et lu *Adieu à tout cela* ? L'hôtel était une bâtisse du XVIe siècle à laquelle on accédait par un sentier sinueux en terre battue flanqué d'oliviers sauvages. En chemin, nous avions laissé derrière nous la Raixa, une ferme qui était à l'origine un vieux palais arabe et qui, en huit siècles, avait connu des christianisations, des incendies et autres catastrophes. De la voiture, nous apercevions l'imposant escalier permettant de descendre jusqu'à un bassin qui fournissait de l'eau pour les jardins italiens environnants. En conduisant je voyais Rocco le visage plaqué contre la vitre. Il imaginait sans doute le passé de ce lieu. Qu'avait connu ce palais au fil du temps ? Comme nos vies paraissaient courtes et stériles en comparaison ! Je n'ai jamais eu l'occasion de m'en assurer, mais j'ai toujours pensé que Rocco avait une propension à la rêverie, ou bien c'était moi qui, à ses côtés, m'évadais du présent et imaginais qu'il faisait de même.

Nous avons passé une semaine environnés des tonalités ocres que renvoyait la montagne. Le matin, Rocco allait courir sur les sentiers proches de l'hôtel, puis nous prenions notre petit déjeuner et visitions une crique, un village, un ermitage ou un cimetière de la région.

À New York nous respirions pendant des mois un air visqueux et épais. La brise méditerranéenne de la sierra de Tramontana était en revanche légère et discrète. Je me disais que l'air devrait toujours être ainsi, comme l'eau pour les poissons ou l'amour pour les enfants qu'on aime sans condition : une présence qui nous entoure sans qu'on la remarque.

Je suppose que Rocco percevait les effets que m'apportait cette légèreté et qu'il avait remarqué que ce voyage avait exacerbé mes sentiments ; j'étais incapable de me rappeler ce que j'éprouvais à son égard avant que le désir se manifeste. Désormais il prenait toute la place, aussi omniprésent que l'air ambiant.

Un après-midi nous avons nagé dans une crique, où au milieu des rochers on avait installé une buvette. Là, dans les ombres annonciatrices du couchant, Rocco m'a révélé pourquoi il avait quitté aussi rapidement son appartement pour s'installer chez moi. Il avait rencontré ses colocataires, Emi et Prandi, dans une école de théâtre. Pressés par la nécessité de trouver quelqu'un avec qui partager un logement, car les loyers étaient exorbitants à New York, ils avaient signé un bail tous les trois.

— On dit toujours que trois, c'est trop. Pour moi c'est le chiffre le plus impair et le plus incommodant. Quand on est deux, on peut être amants et s'envoyer des piques ; à quatre on se divise comme on le souhaite, mais trois est un chiffre impossible, a-t-il décrété.

Il est plus facile de se laisser aller aux confidences quand on quitte son espace quotidien. Jusqu'alors je ne savais quasiment rien de la vie de Rocco, mais ce soir-là, face à la mer cristalline et aux ombres qui s'étiraient, il m'a parlé de l'étrange dynamique qui animait ses colocataires.

S'il avait su qu'ils étaient en couple, il n'aurait jamais emménagé avec eux. Il connaissait mieux Emi, car ils avaient suivi plusieurs cours ensemble. C'était un type arrogant et charismatique. Bien avant de cohabiter avec lui et de découvrir ses pires travers, il avait senti quelque chose d'inquiétant en lui, mais il en avait conclu que cette perception était due à ses traits. Trop rapprochés, les yeux, le nez et la bouche d'Emi se concentraient sur une partie de son visage, donnant l'illusion que le reste était inutilisé. Prandi avait elle aussi un fort caractère, mais semblait plus réfléchie, plus à l'écoute qu'Emi, qui ne possédait pas cette qualité. Elle était assez réservée, parfois fuyante, et avait un petit air triste qui incitait Rocco à la défendre. Il n'en savait guère plus sur sa personne, mais là encore, tout changea après qu'il eut passé quelque temps à ses côtés.

Peu lui importait qu'ils n'aient pas eu le loisir de tisser des liens plus profonds ; il est souvent plus facile de vivre avec des personnes qui ne sont pas des intimes. Cela nous oblige à respecter les convenances. Mais la relation amour-haine entre Emi et Prandi prenait toute la place. Quand ils allaient bien, ils se vouaient une admiration presque délirante tant elle était excessive, au point que lorsque Rocco arrivait, il les trouvait en train de répéter, debout dans le salon, sans se soucier de sa présence, riant exagérément, fumant et buvant toute la journée. Il régnait un désordre phénoménal dans l'appartement, qui était jonché de restes de repas et de mégots. Dans ces phases, ils se comportaient comme des amoureux tapageurs, ce qui pouvait paraître insupportable mais n'était rien comparé à l'autre version de leurs personnalités. Dans leurs périodes de haine, leur hostilité se révélait tout aussi envahissante que leur complicité. La jalousie d'Emi, qui voyait dans leurs camarades de scène ou de plateau ou parmi les techniciens des menaces constantes, était source de disputes et de cris. Rocco n'avait jamais vu quelqu'un d'aussi prompt à polémiquer pour la moindre broutille, faisant vivre un enfer à son entourage et parfois à lui-même. C'était insoutenable, dément : à l'entendre Prandi le trompait à tout bout de champ ou s'apprêtait à coucher avec chacun des hommes qu'elle croisait.

Dans leur petit milieu, les accès de jalousie d'Emi et ses emportements, les hauts et les bas de leur liaison n'étaient pas un secret. Les directeurs de casting évitaient en général de les engager tous les deux ou ménageaient la susceptibilité de ce jeune homme qui avait la réputation de gâcher les répétitions, de retarder le travail de la troupe, voire de le réduire à néant.

La veille de notre rencontre au Timbernotes, Rocco avait assisté à une discussion houleuse au cours de laquelle Emi avait lancé des ultimatums à Prandi. Ils avaient passé une audition pour les *Amants terribles*, de Noël Coward, une idée qui enchantait Emi : s'ils décrochaient les rôles principaux de la pièce, Emi serait Elyot et Prandi Amanda. Non seulement ils joueraient dans l'une des comédies les plus drôles des années 1930, mais en outre ils marcheraient dans le sillage de Richard Burton et Elizabeth Taylor, le couple le plus légendaire ayant déjà interprété ces personnages. Comme les deux héros de la pièce, Burton et Taylor avaient eu une relation complexe et orageuse. J'imagine qu'il en allait de même pour Emi et Prandi, qui pensaient sans doute boucler une boucle s'ils étaient engagés.

Ils passèrent donc l'audition, mais Emi n'obtint pas le rôle d'Elyot. En revanche, Prandi réussit l'épreuve avec succès et incarnerait Amanda. Les semaines suivantes, elle répéterait avec Fran, l'acteur qui jouerait Elyot. Emi voulait que Prandi renonce au rôle, ce qu'elle refusa net. Il proféra ses menaces habituelles, hurlant plus fort que jamais : « Comment oses-tu me faire ça ? Je ne le mérite pas. Ma souffrance, tu t'en tapes ! Moi aussi je peux te faire du mal, détruire ta carrière et bousiller ta vie, t'obliger à renoncer à ce rôle ! Je te l'ai demandé gentiment et tu n'as pas réagi, mais ne m'oblige pas à avoir recours à la violence ! »

Emi claqua la porte, écumant de rage, et Rocco s'assit près de Prandi, qui était en larmes. Il fit ce qu'il n'avait jamais fait jusqu'alors, à savoir prendre parti. Elle n'avait pas à supporter ce genre d'affront, elle pouvait porter plainte, dénoncer le comportement inadmissible d'Emi et continuer sa vie sans lui. Mais elle le défendit, déclara qu'après ses crises il se calmait et qu'il reviendrait s'excuser en pleurant.

À un moment donné, Rocco et Prandi se dirent bonsoir et allèrent se coucher, conscients qu'ils n'apporteraient pas de solution au problème dans la soirée. Peu après, mon ami entendit Emi rentrer, puis des murmures et du bruit dans la cuisine. Il en déduisit qu'une fois de plus il avait cherché à se faire pardonner et que Prandi avait cédé.

Quand Rocco se leva le lendemain, Prandi était déjà partie, mais Emi l'attendait dans le salon, assis sur le canapé. Il savait que Rocco s'était immiscé dans leur vie de couple. Furieux, indigné, il l'accueillit avec une froideur que Rocco considéra comme la pire représentation du mal prémédité. « Tu ignores de quoi que suis capable ; s'il le faut je vous tuerai, toi pour que tu la fermes et que tu arrêtes de lui donner de mauvais conseils, elle pour qu'elle cesse de jouer dans cette putain de pièce ! »

Rocco sentit la panique le gagner. Un signal d'alarme s'était déclenché au plus profond de lui, une peur primitive le pétrifiait. Il s'excusa de s'être mêlé de ce qui ne le regardait pas. « Tu as raison, je n'aurais rien dû dire à Prandi. » Il comprit qu'il devait se soustraire à la vue d'Emi et disparaître purement et simplement. Il prit les premiers vêtements qui lui tombèrent sous la main, le blouson en cuir suspendu au crochet vissé derrière la porte, et fila. Il savait qu'il ne pouvait pas revenir, fort d'une certitude que son corps plus que son cerveau lui dictait, persuadé de l'existence d'une violence toute-puissante. Il venait de découvrir que quelqu'un peut dépasser les limites de l'acceptable et nous détruire et qu'Emi ne s'arrêterait que lorsqu'il serait trop tard.

Il dévala les marches et s'éloigna de son appartement, de sa rue et de son quartier pour marcher toute la journée sans but précis. Parvenu à SoHo, en nage, il entra au Timbernotes. « S'il le faut, je vous tuerai. » Il se posta au bar, hébété. Et c'est là, quelques heures plus tard, que je l'ai rencontré alors que je fuyais la chaleur new-yorkaise.

VI

Il y a longtemps j'ai lu une étude sur la déception décelable dans le cerveau des voyageurs lorsqu'ils atteignent un lieu idyllique qu'ils ont au préalable vu en photo. Allongés sur une plage des Caraïbes, ils trouvent que la brise est parfaite et que la mer les invite à plonger, mais quelque chose détonne par rapport aux images. Pourquoi cette différence entre la réalité et les clichés paradisiaques ? À l'évidence elle vient d'eux, de leurs corps étendus, de leur esprit, leurs murmures et leurs défauts. Aucune barrière de corail ne peut freiner l'alluvion des pensées qu'ils ressassent et qu'ils traînent. Il faut dire que les paysages sont idylliques tant qu'ils restent en marge de notre discernement, mais tout change dès lors qu'on s'installe au milieu des palmiers.

Dans cette crique merveilleuse, pendant que Rocco me livrait ses peurs, j'ai compris que nulle eau cristalline ou lumière dorée n'était susceptible d'apaiser l'angoisse qu'il éprouvait après ce qu'il venait de vivre à New York.

— Tu ne peux pas retourner là-bas.

— Je sais. Mais j'ai des affaires à récupérer dans cet appartement, je n'ai emporté qu'un sac à dos. J'y suis allé une fois en ayant la chance de ne pas croiser Emi ou Prandi. J'aimerais bien prendre le reste, surtout mes photos, dont une en particulier.

— Et tu as vraiment renoncé à jouer pour ne plus les voir ?

— Oui. J'ai même songé à quitter New York. Quand on s'est rencontrés j'y réfléchissais, puis tu m'as proposé cette chambre. Enfin… c'est ce soir-là que j'ai compris que je devais garder mes distances. Tu sais que j'ai moi aussi passé l'audition pour le rôle d'Elyot ? Heureusement qu'ils ne m'ont pas choisi, tu imagines ? Si je l'avais décroché je ne sais pas ce que m'aurait fait Emi.

— Et les essais de lumière ?

— Ça ne fait pas longtemps que j'ai commencé. J'ai besoin d'argent. Je me suis désinscrit de l'agence de mannequins dans laquelle j'étais et je n'ai rien gagné depuis des jours. Je m'inquiète pour Prandi, de ce que ce fou risque de lui faire, sans compter que si elle le quitte, même de manière temporaire, il me tiendra pour responsable et s'en prendra à moi, qui lui ai conseillé de mettre un terme à leur relation.

Je connaissais bien le type de malaise qui l'affectait, lié aux affres qu'on ressent lorsque l'effroi s'accompagne d'un manque de ressources. Si Rocco avait eu un compte en banque approvisionné, il aurait pu se volatiliser réellement, se mettre à jamais hors de portée d'Emi et trouver le moyen de se protéger, or la précarité et la peur sont les deux faces d'une même pièce : une seule est visible mais l'autre est toujours derrière.

— Quelle horreur ! N'y va pas, ou alors prends tes affaires et fais vite. Je t'accompagnerai et on partira sans laisser de traces. Tu peux rester chez moi aussi longtemps que tu le voudras, et si je pars de New York tu peux me suivre. On serait deux à changer de vie. Ça pourrait même être ici, à Majorque !

Ma langue trop bien pendue me jouait encore des tours.

— Merci. Tout est plus facile pour moi depuis que nous vivons ensemble, alors je ne refuserai pas ton offre, mais donnons-nous du temps, et pour le moment profitons de cet endroit. Quand on rentrera, la semaine prochaine, on aura du mal à croire qu'on a dîné face à la mer, comme si aucun malheur n'avait de prise sur nous.

Nous avons versé dans nos verres le reste de vin blanc de la bouteille et trinqué, puis j'ai réglé l'addition et nous sommes retournés à l'hôtel. C'était une nuit d'été méditerranéenne dans toute sa splendeur : cigales, odeur de pins et ciel noir constellé d'étoiles.

Notre chambre donnait sur une petite terrasse avec vue sur les oliviers. Accoudé à la balustrade, bercé par le bruit de la douche, j'ai été surpris quand Rocco a surgi derrière moi et m'a enlacé, une petite serviette autour de la taille. Il m'a obligé à me tourner, m'a pris par la main et attiré à lui.

Le sexe n'est-il pas toujours un échange, ce qui en fait invariablement une transaction ? Il n'est pas nécessaire qu'une enveloppe remplie de billets circule entre deux personnes qui couchent ensemble pour qu'elles aient passé un accord. Certains arrangements sont explicites et nous paraissent de mauvais goût, d'autres sont élégants ou s'inscrivent dans le cadre de nos règles sociales. La liste de tout ce qu'on peut obtenir contre du sexe est infinie : fidélité, logements, soins, voyages, protection. Les raisons ne manquent pas pour avoir des rapports sexuels avec quelqu'un ; celles de Rocco n'étaient pas les plus fréquentes (désir, amour), et j'espérais qu'elles différaient des moins respectables (besoin d'argent, obligation) pour se ranger dans une catégorie plus appréciable (gratitude, loyauté).

Le lendemain, à mon réveil, Rocco n'était plus là. Combien de fois n'avais-je pas vu cette scène dans des films : un bras se tend en travers du lit pour ne trouver qu'un espace vide. L'amant s'est absenté, il est parti pour ne plus revenir ou est sur le point de pénétrer dans la pièce avec un café et des croissants. J'ai regardé en direction de la porte et constaté que ses baskets avaient disparu.

Je me suis douché, parfumé, décidé à ne pas avoir l'air de l'amant qui a près de quarante ans de plus que le jeune homme avec lequel il s'est livré à des ébats. J'ai attendu, mine de rien, d'un air distrait, un livre à la main ou versé dans la contemplation du paysage. Les serveuses ont apporté le petit déjeuner qu'elles comptaient servir sur la terrasse, là où tout avait commencé. L'une d'elles venait de poser la cafetière quand Rocco a pénétré dans la pièce par la porte-fenêtre, torse nu et en sueur. Il m'a salué, puis j'ai entendu l'eau couler dans la salle de bains.

Il en est ressorti et j'ai été frappé par sa légèreté. Je me faisais tout un plat de ce qui s'était passé entre nous, mais il en allait peut-être autrement pour lui. Cet homme adorable et séducteur usait peut-être de ses charmes quand ça lui chantait, en conséquence de quoi cette matinée n'avait rien d'extraordinaire à ses yeux. Avant de s'installer à table, il m'a fait la bise, un geste qu'il n'aurait jamais eu à mon égard avant l'épisode de la nuit précédente. Cela n'avait rien de sexuel et me rappelait la manière dont les enfants embrassent leurs parents lorsqu'ils rentrent à la maison.

Nous avons mangé, décidé d'un programme pour la journée, puis nous n'avons plus reparlé de ce qui était survenu entre nous dans la nuit. Nous n'avons pas davantage évoqué notre retour à New York ni les menaces d'Emi, ni l'urgence pour Rocco de prendre ses distances vis-à-vis de ce couple. Nous nous sommes comportés en touristes et avons nagé, bu des liqueurs d'herbes, dévoré des *ensaimadas*, visité des sites, lu à voix haute *Why I Live in Majorca*. Mais pendant que nous attendions notre vol à l'aéroport de Palma, Rocco a abordé le sujet :

— Merci de ne pas m'avoir mis la pression au sujet de ce qu'il y a eu entre nous deux.

— Ma proposition de t'installer avec moi tient toujours. Et ce qui s'est passé l'autre nuit n'a pas à faire partie du contrat, enfin... pour moi ce serait un honneur, ou non, excuse-moi, ce n'est pas le terme qui convient. En tout cas ça me ferait plaisir qu'on remette ça. Sauf si tu n'as pas envie, évidemment.

— Je comprends, merci. Je crois que j'aimerais mieux qu'on n'aille pas plus loin. Ensuite, avec le temps, on verra.

— Pas de problème. On fera comme avant. Quand on atterrira à Newark, j'en profiterai pour aller voir un ami à Princeton, il y a un train direct depuis l'aéroport. On a prévu de dîner ensemble et je dormirai chez lui, mais si tu veux venir, il y a une chambre pour toi.

— Dis, tu es sérieux quand tu me dis que je peux vivre chez toi aussi longtemps que je voudrai ?

— Oui.

— Alors il vaudrait mieux que j'aille chercher mes affaires pour emménager tout de suite.

— Tu ne veux pas qu'on dorme à Princeton et qu'on fasse ça demain ? Ça t'éviterait de t'en occuper tout seul.

— Non. Comme ça, je serai débarrassé. Et si je vois qu'Emi et Prandi sont là, je repousserai à un autre jour.

Compte tenu de la durée du vol et du décalage horaire, nous sommes arrivés à Newark en milieu d'après-midi, après quoi je suis parti à Princeton et Rocco à Penn Station, à Manhattan.

À compter de maintenant, mon récit reprend ce qu'il m'a raconté lorsque je suis rentré le lendemain et que je l'ai découvert en nage. Il s'exprimait précipitamment et n'arrêtait pas de tournicoter dans l'appartement.

Il avait pris dans un supermarché deux cartons où ranger ses effets personnels, après quoi il avait l'intention de claquer définitivement la porte du logement qu'il avait partagé avec Emi et Prandi. Il monta et sonna, mais personne ne répondit. Il insista sans succès, tourna la clé dans la serrure et se dirigea vers sa chambre, commença à vider les placards, prit ses vêtements, ses livres et ses photos. Il ne possédait pas grand-chose, pourtant tout trier lui demanda plus de temps que prévu.

À un moment donné il s'endormit sur son lit, fatigué par le voyage, le jetlag et la moiteur new-yorkaise, qui eurent raison de sa volonté.

Il avait laissé sa porte ouverte et entendit les voix d'Emi et de Prandi, qui avaient dû rentrer pendant qu'il était assoupi. Ils se disputaient. Il tenta de se lever, mais il était trop engourdi. S'était-il endormi profondément ou était-il en phase de sommeil paradoxal ? Il identifia les cris et les menaces d'Emi, les réponses de Prandi, leurs jérémiades. De son lit il distinguait le canapé du salon. Il vit Prandi s'y écrouler, lasse de cette querelle, le visage défait, à croire qu'elle n'avait plus la force de rétorquer quoi que ce soit. Elle s'endormit et il eut l'impression qu'ils étaient tous deux unis dans une même léthargie. Rêvait-il ces images ou les voyait-il réellement dans un état de demi-sommeil ? Rocco s'aperçut néanmoins qu'Emi vidait une trousse contenant plusieurs flacons de gélules dont il versa la poudre blanche au fond d'un verre avant d'ouvrir le robinet et de remuer le tout à l'aide d'une petite cuillère, puis il ramassa les flacons vides. Allongé sur son lit, Rocco ne pouvait pas assister à cette scène sans risquer de se faire découvrir par Emi. Si tout était vrai, Emi aurait fermé la porte. Non, il s'agissait d'un mauvais rêve peuplé de ses peurs, des acteurs de la nuit qui intervenaient dans son pire cauchemar. Il pouvait dormir, incapable de faire le moindre geste, comme Prandi, et il veillait sur son sommeil, à moins que ce ne soit l'inverse. La voix d'Emi résonna de nouveau. « Tiens, mon amour, bois ça, tu es très nerveuse et ça t'empêche de dormir. Là tu vas te sentir mieux. C'est de l'eau avec tes anxiolytiques. Bois doucement, attention, tu t'étouffes, redresse-toi un peu. »

Rocco replongea dans ses rêves de fou où tout ce qu'il avait toujours redouté survenait et l'épouvantait, car rien ne se passait comme prévu, que ce soit dans ses rêves ou dans la réalité. Il rêva sans bouger de son lit, et lorsqu'il se réveilla au milieu de la nuit il n'entendit pas un bruit. La porte de sa chambre était encore ouverte, un silence sépulcral régnait dans l'appartement. Il n'y avait sans doute plus personne, comme lorsqu'il était arrivé. Il avait eu des rêves délirants, ceux d'un fou à lier détraqué par le jetlag et terrifié. Il devait se lever et filer avant qu'on le surprenne et que ses cauchemars se réalisent.

Il s'empara de ses deux cartons, y fourra les vêtements, les livres et les photos qu'il avait empilés par terre et quitta sa chambre discrètement, non sans s'être assuré au préalable d'emporter son trésor : un cliché de sa mère et de lui, leurs regards rieurs concentrés sur l'objectif, enveloppés de serviettes de bain, imitant la posture des statues de pierre situées sur leur droite. Tout était sombre dans le salon et dans le reste de l'appartement. Il n'avait plus qu'à faire trois ou quatre pas pour atteindre la porte d'entrée dont il connaissait parfaitement l'emplacement, même dans le noir, qui ne dure que quelques secondes, les yeux s'accoutumant rapidement à la pénombre pour nous révéler peu à peu la réalité, comme un tableau qu'on dévoile. Mais que vit Rocco au juste ? Le buste de Prandi sur le canapé, où elle s'assoupissait souvent. Il avait peut-être rêvé ces scènes floues où elle piquait un somme selon son habitude.

Rocco aurait pu s'approcher, poser une main sur son front, la secouer, s'assurer qu'elle était bien vivante. Ou alors s'en aller, la porte était juste devant lui. À quoi bon aider Prandi ? La dernière fois, ça ne lui avait pas porté chance et Emi avait menacé de le tuer.

L'instant qui déclenche tout ce qui suit est fréquemment le fruit d'un hasard énigmatique. La vie dépend d'un spermatozoïde qui féconde un ovule sain ; l'être qui en sort, qu'il marque le début ou la fin de la vie, dépend du code génétique de cet ovule ou de ce spermatozoïde, de la manière dont ils se sont mélangés, de la manière dont l'embryon s'accroche à la paroi de l'utérus pour se développer correctement ou non. Et après ça, son histoire reste encore à écrire.

Pendant que Rocco, debout dans le salon obscur, hésitait à s'approcher de Prandi, l'alarme d'une voiture retentit, ce qui arrive souvent à New York. La voiture en question devait être garée juste en dessous de l'appartement car le bruit strident fit sursauter le jeune homme, qui se précipita vers la porte, l'ouvrit et dévala les marches. Une fois dans la rue, il jeta le contenu de ses cartons, n'emportant que la photo sur laquelle il posait avec sa mère. Prandi avait-elle bougé en entendant l'alarme ? Tout s'était déroulé très vite, mais quelqu'un de profondément endormi n'est pas forcément mort.

Il glissa sa photo fétiche dans son sac à dos, à côté du maillot de bain encore mouillé qu'il avait porté à Majorque. Il courut jusqu'à mon appartement, inquiet à l'idée que le maillot abîme la photo, se maudissant d'être revenu prendre ses affaires, d'avoir assisté à une scène réelle ou de l'avoir rêvée, d'avoir abandonné Prandi à son sort. Et si elle était morte, qu'allait-il faire ? Elle était seule avec lui, on l'accuserait. C'était peut-être ce qu'Emi espérait, voilà pourquoi il ne l'avait pas réveillé. Et si elle était vivante ? S'il lui envoyait des secours, serait-il encore temps d'intervenir ? Que dirait-il à la police ? Qu'il pensait avoir vu quelque chose mais qu'il avait peut-être rêvé ? Oui, il avait eu un cauchemar et Emi n'avait jamais vidé ces flacons de gélules sous ses yeux. Oh, mais il avait les yeux d'une personne endormie plongée dans le songe de la raison, or on sait que ce dernier engendre des monstres.

En se remémorant les confidences de Hans au sujet de ses hallucinations hypnagogiques, Terry avait l'air de se sentir coupable. Il s'exprimait comme s'il portait sur ses épaules le poids de la vie, des incubes de la nuit, et regrettait d'être là avec nous, dans ce train, alors qu'il n'avait aucune nouvelle du jeune homme.

N'ayant pas encore lu *Rocco*, je ne comprenais pas tout à fait le sens de leur conversation au bord du fleuve Charles. Je savais que Terry s'était inspiré de la vie de Hans, mais j'ignorais en quelles proportions il avait utilisé des informations réelles. Contrairement à moi, Bou avait lu le roman, et quand Terry s'interrompit il l'observa sans rien dire, solidement calé sur son siège, à croire qu'il n'allait jamais s'en décoller.

Quelques minutes s'écoulèrent pendant lesquelles Terry regarda par la fenêtre, les yeux de Bou rivés sur lui. Mais le silence finit toujours par être brisé.

— C'est pire que ce qu'a écrit Seymour dans son article, conclut Bou, et Terry acquiesça. Il pensait que tu avais rendue publique ta relation avec Hans contre sa volonté, mais non. Seymour n'était pas au courant des hallucinations de Hans, pourtant il a mentionné la violence de ses colocataires, donc il savait quelque chose. J'espérais qu'il exagérait, que c'était sans conséquence, eh bien je me trompais lourdement !

— Oui… murmura Terry.

— Comment as-tu pu ? C'était sa vie !

Terry considérait peut-être cette admonestation avec gratitude, y voyant une rédemption possible, soulagé de partager son angoisse.

— Hans n'avait plus que ça à faire : disparaître ! Tu t'attendais à quoi de sa part ? Il t'a raconté son histoire comme tu viens de nous la retracer ?

— Oui, telle quelle, mais je ne l'ai pas vraiment cru.

— Et toi, une fois en possession de ces renseignements, tu as repris dans ton roman la scène où Emi donne des anxiolytiques à Prandi et où Rocco s'endort…

— Je n'ai pas utilisé ces matériaux ; je m'en suis *inspiré* dans un récit de fiction. J'ai écrit un roman, pas la vie de Hans !

— C'était quand même juste après qu'il t'avait parlé de ses hallucinations ! Tu lui as demandé son avis ? Il t'a donné son autorisation ? s'indigna Bou en haussant de nouveau le ton.

— Je lui ai montré quelques chapitres. On ne peut pas obtenir l'accord de tout le monde ! Si pour écrire de la fiction il fallait avoir la permission de toute la population, il n'y aurait pas beaucoup d'écrivains sur terre !

Bou secoua la tête et se leva, excédé, comme si Terry avait épuisé sa patience.

— Hans savait que tu écrirais ces lignes ? Je ne te demande pas si tu lui as fait lire les bêtises de Miffy le furet et de ce comique, non. J'aimerais que tu me dises si tu lui as soumis la deuxième partie de *Rocco*, en particulier les derniers chapitres, avant que le texte parte chez l'imprimeur.

Sur ces mots, Bou sortit du compartiment en laissant Terry dépité. Le professeur se blottit contre la vitre et ferma les yeux, à croire qu'il avait oublié que j'étais là.

Quelle longue nuit ! Et tous ces mots qui avaient traversé l'île plongée dans l'obscurité ! Très vite les confessions, les piques et les révélations resteraient derrière moi alors qu'il en irait différemment pour les deux hommes.

Il nous semble souvent découvrir des tournants décisifs dans les histoires. Bou quitta le compartiment en ayant probablement une tout autre opinion de son mentor après ce qu'il venait d'apprendre. Quand le virus s'était déclaré, j'avais compris moi aussi qu'une nouvelle réalité s'imposait. Mais nous sommes au cœur de tout ce qui nous arrive et qu'on nous raconte, que ce soit avant ou après les revirements les plus magistraux. C'est pourquoi les faits nouveaux n'ont qu'une portée limitée, car le fleuve regagne aussitôt son lit et que toutes les histoires ont un rôle à jouer dans la continuité d'un récit plus global.

À l'aéroport de Barajas, je n'avais pas l'impression d'avoir parcouru l'espace que l'avion avait survolé, d'être allée de Socotra à Abu Dhabi et, de là, d'avoir pris un long vol pour Londres et un autre à destination de Madrid. Au lieu de voyager dans l'espace j'avais sillonné le temps, je m'étais propulsée des mois ou des années dans le futur et non à des milliers de kilomètres.

J'avais atterri à Madrid le 1er mars 2020. Le trajet en taxi de Barajas à mon appartement, proche du quartier de Moncloa, me fournit un premier indice me signalant que nous serions précipités dans quelque chose d'inédit jusqu'alors, un tournant de l'Histoire où la réalité s'assimilerait à un décor de fiction. Troublé et terrifié, le chauffeur parla constamment de ce qui s'annonçait, de l'incertitude qui planait autour du monstre microscopique. Il avait peur pour ses parents – qu'adviendrait-il d'eux s'ils étaient malades ? Ils étaient vieux et vivaient à la campagne, dans une maison non chauffée – ; peur pour ses enfants en bas âge, qui n'auraient personne pour les garder si on fermait les écoles ; peur pour ses finances car il n'aurait plus de rentrées d'argent si on renvoyait les taxis chez eux. Il était peut-être de nature angoissée, même s'il s'exprimait posément. Telle fut la première piste : si cet homme s'inquiétait pour le bien-être de sa famille, alors le monstre était un titan en dépit de sa taille minuscule. Il me souhaita bonne chance, me laissa dans la rue avec mon sac à dos et démarra dès que j'eus fermé la portière.

N'ayant pas eu accès à Internet sur mon portable, je n'avais guère suivi l'actualité et comptais sur mes colocataires pour m'aider à comprendre l'envergure du phénomène. Je poussai la porte pour découvrir qu'il n'y avait personne dans cet appartement aussi familier qu'inconnu, déroutée par l'impression qu'on peut avoir de fouler pour la première fois des lieux qu'on connaît pourtant comme sa poche. Dans ma chambre tout était tel que je l'avais laissé, jusqu'à mon pyjama, qui n'avait pas bougé de sous mon oreiller. Il avait été là pendant que je sanglotais en m'enfonçant dans le sable de la dune pour aller de Delisha à Hadiboh. S'il m'était arrivé malheur, si j'étais morte à Socotra, il aurait été là, immuable. Quelqu'un aurait dû venir pour défaire mon lit et se débarrasser de ce vêtement. Dans la perspective où le virus mettrait un terme à ma vie et à celle de mes colocataires, du quartier et même de Madrid, il se pouvait que mon pyjama s'attarde encore là un moment, bien plié sous l'oreiller, car les objets restent là où on les a mis, et des années, voire des vies entières sont susceptibles de s'écouler sans qu'ils bougent, obstinés, de l'endroit où on les a déposés. Je songeais au *Gulf Dove*, l'immense pétrolier échoué sur la plage, qui demeurait là, impassible, et alors que monde s'apprêtait à plonger dans la même quiétude, son squelette colossal continuerait de goutter sur la côte soqotri pendant que je serais à Madrid, dans l'appartement de Moncloa, touchant mon pyjama en coton.

Je posai mes clés et mon sac à dos et déambulai dans les pièces au sol lisse égayées de plantes vertes. Il n'y avait personne, mais pas depuis longtemps. Une note était plaquée sur le réfrigérateur :

Alicia,

On t'a envoyé des messages audio mais tu ne les as pas écoutés. Paula est retournée dans son village et moi je suis chez mon père, à Navacerrada. À Madrid c'est de pire en pire, mais tout sera peut-être fini quand tu rentreras. Si seulement... Préviens-nous quand tu arriveras.

Bisous,

Paula et Geno

J'ai attendu trois jours avant de les appeler, de faire une lessive, de me laver, de regarder les infos et de comprendre ce qui était déjà survenu et où en était la situation. Les parcs publics et la plupart des commerces étaient fermés. Madrid se vidait. Il fallait affronter les événements, leur donner un nom et les inclure dans la vie telle qu'elle avait été jusqu'alors.

Durant la première semaine que je passai à Madrid, ma rupture avec Daniel m'apparaissait comme étant très récente et me semblait en même temps remonter à des années-lumière, située sur un autre plan narratif. Le virus s'inscrivait dans le présent, qui finit toujours par s'imposer, mais un présent inédit, dont je redoutais que par ses conditions d'isolement et de silence il ne me rende la fin de mon séjour à Socotra plus difficile à digérer. Ce fut le cas, mais pas entièrement.

Tous les jours je me levais de plus en plus tard, somnolente. La chape qui recouvrait Madrid et le monde y était pour quelque chose, mais en partie seulement, car un matin je me levai et eus à peine le temps de me précipiter aux toilettes pour vomir avant de m'écrouler sur le canapé. Quelques minutes plus tard, je rendis de nouveau, et, à genoux devant les W.-C. pour la deuxième fois, avec autant d'acuité que j'avais eu conscience de l'abandon de Daniel, je compris que j'étais enceinte.

Jananiah l'avait deviné. Je suppose que lorsqu'elle a mis quatre enfants au monde, une femme est plus apte à sentir cet état, même dans le corps d'une autre. Mais ce jour-là, l'épuisement et l'euphorie d'être vivante, puis le long voyage de retour et le virus menaçant avaient contribué à reléguer dans un recoin de mon cerveau le message traduit de Jananiah sur l'écran de son portable. Il n'était pas complètement enterré mais caché sous un décor et des craintes différents. Je savais donc sans le savoir que j'attendais un enfant. À l'hôpital San Carlos, j'allais vite découvrir que si j'avais été enceinte, je ne l'étais plus.

Alors que le personnel médical se préparait à une hécatombe, il me fallut consulter divers spécialistes, anesthésistes et chirurgiens pour entrer à l'hôpital et être traitée pour quelque chose qui avait cessé d'exister. J'éprouvai une gratitude extrême à l'égard de tous ces médecins qui me tendirent la main et dont les mots furent un réconfort, un baume sur une blessure commençant à peine à s'ouvrir.

En pleine pandémie, on a loué et applaudi les médecins et les infirmiers. Je le faisais moi aussi chaque jour à 20 heures. C'était l'occasion pour tous ceux qui étaient seuls de voir d'autres visages sur les balcons. J'admirais le personnel de santé et remerciais ces gens pour leur indéfectible engagement et leur vie (beaucoup ont travaillé au prix de leur vie), mais mes applaudissements s'adressaient pour l'essentiel à l'équipe de l'hôpital San Carlos, où j'avais vécu ma tragédie personnelle. Tous les infirmiers, secrétaires, aides-soignants et chirurgiens représentaient à mes yeux la docteure Mari Cruz et symbolisaient sa vitalité, son humanité, sa jeunesse et ses compétences professionnelles. Même si je ne l'ai plus jamais revue après avoir été admise dans son service la deuxième semaine de mars 2020, elle est restée présente dans mon esprit.

Lorsque Terry nous fit part de la profonde gratitude de Hans vis-à-vis de la neurologue Poni-je-ne-sais-quoi, je pensai à Mari Cruz et à son équipe, et pris conscience que cette femme avait dû dans son enfance le soulager d'un gros poids. Avait-il songé à elle des années plus tard, pendant la pandémie ? Hans était un inconnu pour moi, mais son histoire avait croisé celle de Terry avant de rencontrer la mienne, ce qui créait des liens entre le jeune acteur et moi. Il ne m'est jamais sorti de l'esprit, comme un de mes morts ou de mes personnages de roman préférés, malgré sa présence spectrale.

Il n'y avait plus rien là où avait existé l'amorce de la vie. Avais-je fourni trop d'efforts dans la marche exténuante pour regagner la capitale de Socotra ? Les médecins l'ignoraient et ne surent quoi me répondre tant il est fréquent de faire une fausse couche au cours d'une première semaine de grossesse.

Les femmes sont les seules à en passer par là. Je me rappelai le zéro chinois *ling*, qui désigne une absence définie par la trace de ce qui était et a été. Oui, les corps des femmes et leur infinie capacité à abriter la vie et à la perdre, à muter et à se transformer, sont souvent traversés par un *ling* destructeur dont elles doivent ensuite se remettre. Je songeai aux sculptures de Bruno Catalano, où le vide s'approprie toute une partie du corps ; des figures dépourvues de ventre ou d'abdomen, au tronc quasi invisible connecté au reste par un mince filet de matière, sans que rien dans leur disposition révèle l'absence qui les particularise. Comme elles, je traînais également derrière moi un *ling* fantomatique et feignais de ne pas en connaître l'existence.

Les jours qui suivirent l'intervention eurent le côté glacial du bloc opératoire et désolé des parcs interdits d'accès. Quelque chose bourdonnait dans mes tympans. Une tragédie collective emportait des centaines de vies et ne s'arrêterait pas avant longtemps. Contre l'attaque du virus, tout le monde était uni, mais très vite la solidarité céda le pas au décor apocalyptique des malheurs individuels qui affleuraient, s'insinuaient dans les failles du quotidien, se lisaient sur les visages des gens qui applaudissaient. Les histoires de chacun se révélèrent peu à peu pour se déverser à flots : davantage de violences contre les femmes et d'abus domestiques. Elles jaillissaient, exhibant leur laideur dès qu'on grattait à la surface de la couche de silence et de calme apparent.

Après l'opération j'eus souvent des accès de fièvre pendant lesquels m'apparaissaient des dragonniers, des déchirures, des rues, des places et des jardins publics vides, un silence assourdissant, une solitude abyssale.

Quand je rentrai chez moi une semaine plus tard après avoir effectué tous les examens requis, je vis une lettre dépasser de la boîte. Elle ne portait pas de cachet, quelqu'un avait dû la déposer là. Elle était signée Arturo Belando, qui vivait à mi-chemin entre mon appartement et la place de la Moncloa. Il lui avait donc été facile de la glisser là en allant faire ses courses.

Ma chère Alicia,

Tout d'abord je tiens à m'excuser pour ce qui t'est arrivé. Un jour, lorsque vous étiez encore à Socotra, Daniel a profité d'avoir du réseau pour m'appeler. Il m'a dit que ça se passait mal entre vous, que vous vous disputiez sans cesse, que tu peinais à garder le rythme et qu'il en avait assez. Je lui ai conseillé de ne pas laisser la situation s'envenimer et de rompre au plus vite pour éviter de te faire souffrir.

Maintenant je sais ce qu'il a fait et je crois avoir été de bien mauvais conseil. Jamais je ne me serais imaginé qu'il t'abandonnerait sur cette île. Quand je l'ai revu à Madrid, il m'a tout raconté et je ne lui ai reparlé que pour lui demander si tu étais rentrée. Votre guide lui a dit qu'il t'avait accompagnée à l'aéroport et je vois qu'à présent les fenêtres de ton appartement sont éclairées le soir.

Puis-je te téléphoner pour qu'on bavarde ? J'étais inquiet à l'idée que Daniel ne fasse des siennes, mais jamais je n'aurais envisagé ce genre de comportement de sa part. Et puis il y a la situation actuelle, dont nul ne sait quand elle prendra fin.

Avec toute mon affection, ton professeur et ami,

Arturo B.

Ce bon Arturo. Ce qu'il ignorait, c'est que l'abandon de Daniel à Socotra et mon urgence médicale étaient devenus le décor de mon vide. Je ne comptais pas le lui dire et à Daniel non plus, évidemment. Ni l'un ni l'autre n'ont appris ce qui était survenu sans se concrétiser.

J'essayai de répondre à Arturo mais je ne trouvais pas les mots. Daniel et lui se fréquentaient toujours, ce qui semblait logique puisqu'ils étaient amis. Ils avaient tous deux une histoire commune alors qu'au fil du temps je deviendrais une note de bas de page dans leur amitié. J'émis timidement le souhait de changer de directeur de thèse. Je ne lui en voulais pas d'avoir eu cette conversation avec Daniel et il n'était certainement pas responsable de la conduite de ce dernier. Je ne lui pardonnai rien parce qu'il n'y avait rien à pardonner et que le pardon n'est fait que de paroles, comme les promesses ; tous deux sont des performances du langage qui tentent de se répercuter sur la réalité. Nous disons « Je te pardonne » ou « Je te promets » en espérant déclencher une série de faits futurs, mais nous pouvons toujours changer d'avis et signifier notre refus : « En fait, non, je ne te pardonne pas », ou imiter Hippolyte, qui dans la pièce éponyme d'Euripide a enfreint il y a deux mille cinq cents ans la première promesse du monde occidental en disant : « Ma langue a juré, mon cœur n'a point fait le serment. » De retour à Madrid, je décidai que mes mots n'auraient aucun effet sur la réalité d'Arturo Belando et de Daniel.

Quand on eut le droit de sortir j'allais marcher le long de l'allée du Pintor Rosales. Le parc de l'Ouest s'étendait sur ma droite. Le ciel de Madrid a toujours eu une vie propre. Avant la pandémie, quand la ville était pleine d'agitation et de soubresauts, j'avais souvent l'impression qu'il respirait, suspendu comme une mousse savonneuse, sans jamais ralentir ni accélérer, indifférent à la frénésie des habitants. Là, durant ces journées statiques, la chape de silence qui recouvrait la cité n'était brisée que par l'activité enflammée du ciel. Au coucher du soleil, assise sur un des bancs en face du parc, j'observais la vitesse des nuages teintés d'orange, une explosion d'effilochures violettes, le soleil d'un rouge incandescent qui descendait avec résolution. Le ciel de Madrid nous parlait et nous disait que le temps passait, que rien ne s'éterniserait tant qu'il se chargerait de mettre fin au jour. Le ciel était animé de mouvements et c'est pourquoi je l'écoutais.

Il y a longtemps, lors de mon premier séjour londonien, j'ai eu une relation qui a traîné en longueur. Je soliloquais sur la terrasse d'un glacier et devant moi se tenait l'homme que je ne me résignais pas à quitter alors que nous aurions dû rompre. Ce jour-là j'ai été la personne qui insiste et cherche des explications là où il n'y en a pas. « Mais qu'est-ce que tu veux à la fin ? Pourquoi changes-tu d'avis ? Un jour tu m'aimes, le lendemain tu ne m'aimes plus. Comment dois-je prendre ça ? »

Maintenant je sais que les individus inélégants parlent beaucoup quand ils devraient se taire et gardent le silence quand il faudrait qu'ils s'expriment. Mais à l'époque je l'ignorais. Et cet homme inélégant se taisait, le regard impassible, tandis que sa glace fondait et que je répondais à mes propres questions : « Si tu ne dis rien c'est que tu t'en fous, que tu te fous de cette histoire, mais tu pourrais au moins prendre une décision. » Etc. Etc. Etc.

Quand j'allai aux toilettes, une jeune femme entra derrière moi et observa mon reflet dans le miroir. *« Get out in time. »* Tel fut le conseil laconique qu'elle me prodigua. « Pardon ? » *« Get out in time »*, répéta-t-elle. « Règle vite cette histoire tant qu'il est temps. » Je me retournai, elle me prit la main. *« Get out in time and then, give time, time. »* « Règle cette histoire tant qu'il est temps, et après laisse du temps au temps. »

Assise à une table voisine de la nôtre, elle avait dû entendre mon lamentable monologue. Elle m'adressa ces mots comme pour accomplir une mission, puis sortit des toilettes en silence. Je n'ai gardé d'elle qu'une image de plus en plus floue : des yeux enjoués, des cheveux blonds courts et des lunettes de soleil portées comme un diadème. Lorsqu'elle disparut, je me dis que c'était une folle ou un ange, mon ange gardien, ou alors un crapaud réincarné en fille blonde émanant tout droit d'un conte peuplé de princesses. Elle était venue me mettre en garde : pourquoi embrasser tant de batraciens lorsqu'on cherche un prince charmant aux traits enfantins ? Il vaut mieux passer son chemin et les laisser dans leurs mares.

Comme on le fait pour la plupart des conseils, je n'ai suivi ceux-là que des années plus tard, après avoir embrassé quantité d'amphibiens visqueux. Ce jour-là, j'oubliai l'inconnue dès l'instant où je quittai les toilettes et perdis du temps et des larmes avec l'homme en question.

À l'inverse, la fin de notre histoire avec Daniel fut nette. Entre autres choses, du temps avait passé depuis que cette femme m'avait parlé et j'avais compris que ses recommandations étaient simples et précieuses. Les années m'avaient également enseigné que la plupart des conseils utiles sont d'une simplicité confondante.

Je me suis sorti Daniel de la tête comme on retire une écharde qui vous empêche de marcher sans que votre orteil s'infecte. Les pires échardes doivent être extraites rapidement : il vous faut marcher jusqu'à une pharmacie, acheter quel qu'en soit le prix une pince à épiler, procéder avec soin et continuer sa promenade. Au début on ressent une petite gêne à l'orteil, mais lorsque l'écharde est extirpée la douleur cesse aussitôt. Cette fois la relation s'était terminée à temps et j'avais laissé du temps au temps. Je n'avais pas le choix : le temps n'était pas ce qui me manquait à Madrid à l'époque où les jours étaient devenus des surfaces élastiques.

Ma relation avec Daniel n'a pas connu la lente période de pourriture qu'est l'installation du désamour, semblable à un fruit trop mûr qui, du fait de son état avancé, est de moins en moins appétissant. Nous n'avons pas vécu l'époque où le voile se soulève graduellement jusqu'à ce qu'on sente qu'on a beau avoir passé de nombreuses nuits avec quelqu'un, on trouve désagréable de partager son lit avec des pieds osseux aux orteils rigides qui, en outre, vous griffent et transpirent. L'étape de putréfaction avec Daniel n'a duré que le temps qu'il quitte Socotra, puis je me suis détachée de lui toute seule, traînant ce vide en moi et le silence tout autour. Ses pieds griffus ne m'ont été d'aucun secours, mais à la fin du processus l'écharde est sortie sans aucune trace de sang.

Cela faisait un moment que Bou nous avait laissés seuls. Devant moi, Terry piquait toujours du nez contre la fenêtre, proche du sommeil, qui frappait en vain à la porte de la conscience.

Il était tard, l'aube d'un autre jour. Ceux qui font des cauchemars savent que dès l'apparition de la lueur la plus ténue dans le ciel, le pire est passé. Ils savent que les nuits ont toujours une fin, même celles qui se déroulent dans un train n'arrivant jamais à destination, ou qui ont l'air d'être l'invention ou le rêve d'un fou.

J'imaginai Bou affligé, déçu par Terry, et partis à sa recherche. Le wagon-restaurant était fermé. Je marchai jusqu'au bout sans le trouver, de sorte qu'au retour je jetai un coup d'œil dans les compartiments où sommeillaient des voyageurs à la bouche ouverte et aux cous alanguis. En anglais les trains nocturnes s'appellent les *sleepers*, un terme qui désigne aussi les dormeurs. Un train dormant qui transporte des êtres endormis. Je vis enfin Bou étendu dans un compartiment vide aux fauteuils positionnés à l'horizontale. Ils étaient peut-être déjà ainsi quand il était entré, ou alors c'était lui qui les avait installés pour former un lit gigantesque occupant tout l'espace. Se sentant observé, il regarda la porte.

— Je peux entrer ?

Il sourit et se poussa pour me faire de la place. Je m'allongeai à côté de lui. Les pieds orientés vers la fenêtre, nous distinguions les lueurs du petit matin tandis que le train roulait.

— Quand tu auras lu *Rocco* tu comprendras.

— Oui, sans doute.

— Je n'ai pas envie d'en parler. Cela dit, je regrette d'être parti sur un coup de tête, mais je croyais sincèrement que Terry avait été victime de Donovan Seymour et calomnié par les membres des cercles littéraires. Pour moi, il était dans son droit, mais après l'histoire qu'il nous a racontée, la confession de Hans à Cambridge... Bon, j'arrête. Tu comprendras quand tu liras *Rocco*. Je me demande où est Hans. Qui sait où il est parti ! J'aimerais pouvoir me dire qu'il a laissé tout ça derrière lui.

— Je croyais que tu n'avais pas envie d'en parler.

— C'est vrai, admit-il en se passant une main dans les cheveux. J'en ai marre de Terry, de Hans et de Donovan Seymour, marre que tant de choses leur soient arrivées alors qu'il ne m'arrive jamais rien ! Je vis les histoires des autres et je suis éclaboussé par leurs aspects les plus sordides. Tu n'as pas tort de dire que je suis une sorte de groupie, par loyauté ou pour toute autre raison, peut-être parce que je n'ai rien de mieux à faire.

— Pardon ! Je ne sais pas pourquoi je t'ai dit ça. En fait, je suis très mal placée pour te juger. Tout ce que je sais, c'est que ce n'est pas simple de retirer sa loyauté à une personne qu'on a connue de près.

— Ça t'a coûté, à toi, de ne plus être dévouée à Daniel ?

— Eh bien, disons qu'après m'avoir abandonnée au beau milieu d'une île, il m'a tout de suite beaucoup moins manqué, soufflai-je.

— Ça a dû te faire drôle de rentrer chez toi dans ces conditions.

— Oui. J'ai atterri en Espagne juste avant le début du confinement. Tout était vraiment très bizarre.

— J'imagine. Tu étais seule ?

— Oui.

— Au moment où tu aurais eu le plus besoin d'être entourée des tiens...

— En effet, mais le destin est capricieux, c'est bien connu, répondis-je en haussant les épaules.

— Imprévisible, en tout cas !

— C'est vrai. Une nuit comme celle-ci, par exemple, est inattendue. Mais que serait une nuit sans incertitude ? Elle n'existerait pas.

— Tu as raison ! s'esclaffa-t-il. Parfois la nuit te tombe dessus comme un jet d'eau froide, et d'autres fois les astres s'alignent dans le ciel à la perfection. Le souci, c'est qu'on ne sait jamais ce que la nuit nous réserve.

— Et celle-ci est plutôt un jet d'eau froide, non ?

— Je dirais même glacée !

Nous regardions défiler le paysage en souriant. Les silhouettes des arbres défilaient comme des photogrammes qu'on passe en accéléré.

L'étude que j'avais lue et qui traitait des effets bénéfiques de la mer sur le cerveau abordait également la question du bien-être. L'auteur y écrivait que lorsque nous vivons un moment de bonheur, notre cerveau nous envoie un signal pour que nous nous attardions dans une sorte de méta-bonheur. Je trouve sympathique de sa part de nous prévenir : Hé, prête attention à cet instant. Tu partages une complicité avec quelqu'un, une intimité naissante où rien n'est encore parfaitement réel, alors je te le dis pour que tu ne rates rien.

Je suppose que chaque cerveau avertit son propriétaire de manière différente. Il est possible que certains ne le fassent pas, auquel cas ces joies échappent aux personnes concernées. Le mien me communique leur existence en créant une boule au fond de ma gorge. Dans ces instants on ne ressent aucune peur, aucune terreur nocturne, aucune écharde dans le pied. Il faut écouter son cerveau car ces instants sont aussi fragiles que les bruits ou la vie, qui lorsqu'on les perçoit peuvent déjà être terminés.

— Que vas-tu faire quand on arrivera à Édimbourg ?

— J'irai travailler ! C'est toujours comme ça le lundi matin. Quand je descends du train. Je démarre la semaine en ayant sommeil et la nuque un peu douloureuse, mais en général je dors plus que ça. Cette nuit je n'ai pas fermé l'œil.

— C'est vrai qu'on n'a pas dormi.

Je suis toujours surprise de la facilité avec laquelle le « je » devient un « on » ! On n'a pas dormi. On a commandé un plat de viande au dîner. On reprend du vin, non ? Ce n'est pas un collectif éternel, et il se peut même qu'il ne dure vraiment pas longtemps. Mais nous avons envie de l'utiliser pour quitter la cellule dans laquelle s'isole le « je ». Moi, quand ce « on » m'apporte une complicité, j'ai une boule dans la gorge.

— Terry a dû s'endormir. Il essayait quand je suis partie, ai-je dit.

— Oui, sûrement. Oh, Terry, comment as-tu pu trahir la confiance de Hans ? gémit Bou.

— …

— Je sais ce que tu vas me dire. Je ne voulais pas parler de lui et je t'en rebats les oreilles. Changeons de sujet… En Italie et en Espagne, le confinement a-t-il été aussi strict que je l'ai lu dans la presse ? Nous, aux États-Unis, on avait le droit de sortir de chez nous, mais vous, vous étiez réellement confinés.

— C'est ça.

— Et qu'est-ce que tu as fait, si longtemps enfermée ?

— Je travaillais, je faisais de la gym, je pleurais, je lisais, je dansais, je regardais le ciel... J'ai passé des heures à contempler les nuages du haut de mon petit balcon. Quand j'ai pris l'avion pour aller à Londres et que j'ai vu ce tapis de nuages, j'ai trouvé ça bizarre, un peu comme quand on croise un voisin à l'étranger qui a tout à coup l'air d'un chef d'entreprise, et ses fonctions et l'endroit ne correspondent pas à l'idée qu'on a de lui, pourtant c'est le même individu. Pourquoi tu ris ?

— Pour rien. Je me représentais un nuage en costard avec un attaché-case ! Mais en dehors du fait que tu ne voyais personne et malgré ta rupture avec Daniel et la pandémie, il y a eu des moments agréables ?

— Oui, même si tous les jours se ressemblaient. J'avais lu un article d'un astronaute qui racontait comment garder toute sa lucidité quand on est enfermé et isolé. J'ai suivi ses conseils au pied de la lettre, ce qui m'a amenée à avoir une routine très rigoureuse. Cela dit, les jours avaient beau paraître identiques, certains suivaient leur cours, comme un fleuve, et d'autres s'écoulaient de manière plus tumultueuse.

— Tu te souviens de ce que tu as fait le premier jour ?

— Parfaitement. Je me suis mise au balcon pour saluer le personnel médical, et quand j'ai essayé d'ouvrir la porte de l'extérieur, elle s'était refermée ! À Socotra j'avais eu peur en me retrouvant seule, mais me savoir prisonnière du balcon dès le premier jour du confinement m'a fait paniquer. Les pompiers viendraient-ils à mon secours ou seraient-ils occupés par des urgences plus pressantes ? S'ils ne se déplaçaient pas, comment allais-je m'en sortir ? J'avais laissé mon portable à l'intérieur. Et il n'y avait pas un chat dans cette rue sans aucun commerce de première nécessité. Ça n'a duré qu'un instant, mais j'ai senti l'angoisse monter.

— Qu'est-ce que tu as fait ?

— La rue où j'habitais est étroite et bordée d'arbres, ce qui ne m'a pas facilité la tâche. J'ai crié et agité les bras jusqu'à ce que des voisins de l'immeuble d'en face s'aperçoivent de ma présence. Ils étaient eux aussi sur leur balcon pour applaudir, et ils ont gesticulé en hurlant pour attirer l'attention des locataires des appartements situés à côté du mien, qui étaient hors de mon champ visuel. Pour finir ce sont mes voisines de droite qui m'ont tirée d'affaire. La mère a aidé sa fille à atteindre mon balcon, puis elle lui a tendu une barre métallique pour forcer la porte. De l'autre côté de la rue, tout le monde assistait au spectacle.

— Et après ? me demanda Bou en riant.

— C'était le début de la pandémie, on n'était pas encore obsédés par les distances de sécurité, alors quand la porte s'est ouverte brusquement, on s'est enlacées, la voisine et moi. On était folles de joie et les applaudissements ont retenti pour la seconde fois de la soirée. On s'apprêtait à s'isoler les uns des autres, mais j'ai au moins eu la chance de vivre un moment fort avec cette inconnue, parce que pendant cinq mois personne ne m'a plus serrée dans ses bras. Une fois chez moi, pour que l'aventure ne se reproduise pas, j'ai écrit sur des post-it que j'ai collés sur la porte-fenêtre : NE LA FERME PAS !

Mon histoire amusait beaucoup Bou.

— Et qui t'a pris dans ses bras à la fin du confinement ? Tu t'en souviens ?

— Oui ! Une vieille amie qui a pu prendre l'avion depuis Barcelone pour me rendre visite. Elle réussit toujours l'impossible. Elle vient d'une autre planète, c'est une extraterrestre.

— Ça a dû être effrayant pour toi de rester coincée sur ton balcon. Mais c'est souvent comme ça : on n'a jamais d'ennuis jusqu'au moment où on en a. On se dit qu'on va affronter sa première nuit dans un pays en état d'urgence, mais si on reste bloqué sur un balcon, on a un problème encore plus urgent à régler.

Je songeai que c'était vrai.

— Comme tout est bizarre aujourd'hui ! Alors qu'hier les choses se passaient si normalement ! s'exclama Bou en agitant les bras d'un geste théâtral.

— Tu cites *Alice au pays des merveilles* parce que je m'appelle Alicia ?

— Une heureuse coïncidence !

Allongée à côté de Bou dans ce compartiment, en observant le jour qui peu à peu grignotait la nuit, j'eus la même impression que lorsque j'avais atterri à l'aéroport de Barajas, de retour de Socotra : au lieu de sillonner l'espace, il me semblait avoir remonté le temps au point que j'étais incapable de me rappeler quand j'avais quitté Londres.

VII

Alex Ebbert et moi avions passé notre thèse en littérature américaine près de quarante ans plus tôt, et il habitait Princeton depuis une vingtaine d'années. Nous étions tous deux partis du même pied, mais la vie nous avait réservé des parcours radicalement différents. Le sien était jalonné d'une chaire dans une université prestigieuse, d'un mariage harmonieux, d'enfants adorables et d'un domaine de recherche qui le passionnait toujours.

Peu après l'obtention de son doctorat, il avait épousé Tara, qui avait travaillé au sein au département d'Études germaniques et avait parfois mis sa carrière en sommeil pour suivre Alex, qui se déplaçait à travers le pays en tant que professeur invité. Tara gagnait désormais beaucoup plus d'argent que lui ; elle avait créé son propre programme d'études à l'étranger et son agence organisait la plupart des séjours d'étudiants dans des universités américaines.

Il se peut qu'un aspect de l'existence ait des répercussions sur la totalité des autres. Si j'avais fondé un foyer stable avec quelqu'un, cette sérénité aurait peut-être eu des effets sur tout le reste. Ou pas. Durant mes dernières semaines de cohabitation avec Rocco, je m'étais jeté dans le travail en sachant qu'on m'attendait à la maison. Tout était devenu d'une simplicité enfantine ! Les mots se succédaient, mes textes s'édifiaient parce que j'avais la conviction qu'à la fin de la journée je verrais le visage de la personne qui me faisait rire.

Lorsque nous avons dîné ensemble à Princeton, Alex m'a parlé d'un congrès à Vancouver auquel Tara l'avait accompagné. À la fin du symposium, ils étaient allés observer les baleines sur la côte pacifique. Il a chaussé ses lunettes pour me montrer les photos sur son portable : Tara et lui souriants, cheveux au vent ; des baleines proches du bateau ; Tara en désignant une au loin.

— C'était merveilleux, a-t-il conclu, même si à la fin de l'excursion Tara a eu mal au cœur et qu'elle a vomi.

— Alex, c'est comment d'avoir toujours eu le même témoin toute sa vie ? Tara et toi, vous ne vous quittez jamais, que ce soit pour regarder des baleines ou pour vous soutenir dans votre travail.

— C'est le cas. Mais n'oublie pas qu'on partage aussi pas mal de manies, d'habitudes tout à fait banales, et ces moments-là sont plus nombreux que ceux où on contemple les baleines. Pourquoi cette question ?

— Par curiosité. Tu décrirais ça de quelle manière ?

— Hmmm... Je dirais qu'être avec Tara, c'est vivre en suivant les petits morceaux de pain qu'Hansel et Gretel ont disséminés dans la forêt pour ne pas se perdre. Nos premiers pas, nos déménagements dans différents États, l'époque où on a vécu à Munich, les années reproductives, les années productives, la perte de mes parents... Nous étions ensemble à chacune de ces étapes. Tara est une constante, et même quand j'avais le sentiment que quelque chose d'imprévisible se produisait, je le comparais aussitôt à un petit morceau de pain jeté dans la forêt.

— Pour moi la vie est indissociable du sentiment de perte. Tu ne te sens jamais seul ?

— Comme tout le monde, ça m'arrive, mais ça ne dure qu'un moment parce qu'en fait, je ne suis pas seul, a décrété Alex qui a toujours été plus pragmatique que moi. Il faut que tu viennes nous voir plus souvent ! a-t-il enchaîné dans un élan effusif. Quoi qu'il en soit, suivre un sentier balisé signifie par ailleurs que tu ne t'aventures jamais vers l'inconnu. Tu rates donc quelque chose, tu ne pénètres pas dans la forêt en étant seul et désespéré, et après avoir parcouru un chemin rempli d'obstacles, tu ne peux pas te réjouir d'avoir découvert un tournant qui t'emmène vers une clairière insoupçonnée et baignée de lumière. Mais tu comprendras que je n'ai pas l'intention d'échanger mon passage couvert de bouts de pain pour expérimenter ce genre d'intensité. En général, quand on se perd dans les bois, on se retrouve dans un bourbier et pas dans une clairière, hahaha ! Mais pourquoi on parle de ça ? Tu as des nouvelles de Maddie ?

— Non, pas depuis longtemps. Elle a dû ouvrir son hôtel à Martha's Vineyard, et puis elle a fichu tous ses clients dehors quand elle s'est rendu compte qu'ils n'étaient pas à la hauteur.

— Sacrée Maddie ! s'est exclamé Alex en riant. Moi non plus je ne l'ai pas vue depuis des années. Je me demande si elle a vieilli. Pourquoi tu ne lui passes pas un coup de fil ?

— Alex... ai-je commencé en changeant brusquement de sujet. Je crois que je suis tombé amoureux d'un homme qui a quarante ans de moins que moi. Je lui ai proposé de venir vivre chez moi le soir où je l'ai rencontré, et là je reviens de Majorque, où j'étais avec lui.

Il avait porté son verre de blanc à ses lèvres pour en prendre une gorgée mais il s'est ravisé, laissant le verre en l'air avant de le reposer d'un coup sec.

— Eh bien toi, on peut dire que tu as trouvé une clairière dans la partie la plus touffue de la forêt et en pleine tempête !

Je n'ai passé que vingt-quatre heures à Princeton, mais dans le train qui me ramenait à New York, je me sentais léger. Je devais proposer cette escapade à Rocco. Je mourais d'envie de le rejoindre pour qu'un chemin boisé nous révèle une clairière.

Sans le drame qui est survenu, Rocco et moi aurions vécu une valse-hésitation tortueuse. Mais il avait bel et bien vu Emi administrer des anxiolytiques à Prandi et jamais nous ne connaîtrions la période d'indécision qui a parfois cours entre deux amants. Il n'y avait pas de place pour cela dans notre relation, qui se conclurait pour moi dans la douleur.

Quand je suis arrivé, il était dans un état de nervosité incontrôlable, incapable de me manifester la moindre reconnaissance. Tout en lui n'était qu'accélération et angoisse. J'ai tardé à comprendre ce qui s'était passé en si peu de temps, car nous n'avions été séparés que vingt-quatre heures.

Il parlait avec précipitation, puis il s'est calmé pour m'expliquer ce qu'il avait cru voir en allant récupérer ses affaires. Il m'a demandé si je pensais qu'Emi avait tué Prandi sous ses yeux endormis. S'il avait parlé à Prandi des menaces de mort d'Emi, qui voulait les tuer tous les deux, lui aurait-il donné l'occasion de prendre la fuite ? Et que faire à présent ? Fallait-il qu'il aille au commissariat et qu'il précise aux policiers qu'il était sujet à des hallucinations ? Serait-il complice de ce meurtre s'il ne se dénonçait pas ? Rocco tenait des propos hachés sans trop savoir s'il cherchait des justifications morales ou légales. La tête entre les mains, les yeux exorbités, il semblait vouloir à tout prix sortir d'un cauchemar.

Et moi ? Quel était mon rôle ? Il était rentré le regard égaré et m'avait raconté cette histoire délirante dont je faisais à présent partie. Devais-je dénoncer Emi ou plutôt ne rien dire ? Impliquer des tiers est facile. À cet instant j'aurais pu descendre à la cafétéria ouverte vingt-quatre heures sur vingt-quatre et dire au gérant que mon colocataire avait cru assister à un assassinat, mais que cette scène était peut-être issue d'un mauvais rêve... Cela suffisait-il à l'impliquer ? Dirait-il à ses prochains clients que le colocataire d'un voisin ignorait s'il avait été témoin d'un crime ou s'il avait rêvé ? Où commence et où finit la notion de culpabilité ? Elle n'est assurément pas infinie, sans quoi nous serions tous responsables de crimes sans grand rapport avec nos actes. Rocco avait peut-être fait un cauchemar, et dans ce cas rien de ce qu'il avait vu n'était réel. Mais tant qu'il n'aurait pas la certitude que Prandi était vivante, il ne serait plus le jeune homme insouciant que j'avais rencontré et qui n'avait peut-être jamais existé. J'avais fait sa connaissance le lendemain des premières menaces d'Emi, j'ignorais donc comment il se comportait lorsque tout allait bien.

J'ai insisté pour qu'il aille au commissariat. En vain. Chaque jour amenait son lot supplémentaire d'angoisses. Nous n'avons pas poursuivi la conversation que nous avions interrompue à Majorque, nous n'avons pas davantage évoqué l'eau cristalline de ses criques. Rocco m'a expulsé de sa vie aussi résolument qu'il m'y avait fait entrer. J'ai détesté Emi et Prandi, que cette dernière soit vivante ou morte, car elle et lui avaient mis un terme à la jeunesse de Rocco et m'avaient privé du témoin parfait. Je devais admettre que leurs disputes l'avaient poussé chez moi, mais ils me l'avaient arraché violemment dès l'instant où j'avais cru qu'il m'appartenait.

Peu m'importait que la faute se soit étendue à moi ou soit imputable à Emi ou Rocco. Il se pouvait également que personne ne soit responsable parce que rien dans ce cauchemar n'avait prêté à conséquence. En revanche, que Rocco n'existe plus pour moi était dramatique.

Il n'est pas sorti pendant trois jours, hormis pour se lever à l'aube et rôder autour de son ancien appartement. Je le sais car je l'ai suivi. Ayant entendu la porte se refermer au petit matin, je l'ai filé en respectant une distance prudente, précaution inutile car il était ailleurs et ne risquait pas de me voir. Il a marché (nous avons marché) vers le Lower East Side, puis il a ralenti le pas et s'est approché ainsi que je le craignais de la porte de l'immeuble où il vivait avec Emi et Prandi, mais il s'est tout à coup immobilisé sur le trottoir d'en face, sans faire mine de vouloir traverser. Il s'est adossé contre le rideau de fer d'un restaurant, le regard tourné vers ce que je supposais être la fenêtre de sa chambre. Il n'a pas bougé de là pendant une éternité, pétrifié comme un de ces mimes qui ne réagissent qu'à la vue d'une pièce de monnaie. Il cherchait un signe de vie de Prandi, mais Emi aurait tout aussi bien pu se poster à la fenêtre. Dissimulé par les marches d'un perron à une dizaine de mètres, je ne le quittais pas des yeux. Nous l'ignorions mais ni lui ni moi n'obtiendrions ce que nous voulions.

Rocco a passé ces nuits à chercher dans les journaux les moindres lignes susceptibles de lui confirmer ses pires craintes. Je le revois le dernier matin, endormi sur le canapé, le nez sur son téléphone portable. Il n'avait certainement pas eu envie d'aller se coucher dans son lit. Devant lui traînait sur la table basse un bol de céréales de la veille. Je me suis baissé pour le ramasser et il s'est réveillé, sentant une présence proche. Comme souvent quand on vit un enfer dans la réalité, le moment qui précède le réveil est notre seul apaisement, qui ne dure qu'un instant. Il a ouvert les yeux et j'ai reconnu le regard bleu, empreint de curiosité, qu'il avait au Timbernotes. Mais un millième de seconde plus tard il s'est emparé de son téléphone et nous avons tous deux lu le SMS suivant :

EMI
Aujourd'hui la presse regorge de faits divers macabres. Mais pour toi ce n'est pas une nouveauté : tu étais aux premières loges.

La presse et les réseaux sociaux faisaient état de la découverte du corps d'une jeune actrice à son domicile, qui avait succombé à l'ingestion d'une grande quantité d'anxiolytiques. Une enquête avait été ouverte, mais pour le moment la police n'avait tiré aucune conclusion et tentait de localiser les colocataires de la défunte. On n'écartait pas l'hypothèse d'un suicide.

J'ai supplié Rocco d'aller parler aux policiers, mais il était plongé dans un tourbillon d'images d'horreur. Prandi était morte. Emi savait que Rocco l'avait vu la tuer. De tous les scénarios possibles, celui-ci était le plus atroce. Incapable de détourner les yeux de l'écran, les sens paralysés par la peur, il ne bougeait plus. Je suis allé dans ma chambre et, de là, j'ai entendu la porte d'entrée claquer. Le canapé était vide. J'ai regardé autour de moi et constaté qu'il avait emporté son sac à dos. Dans sa chambre, j'ai distingué des vêtements éparpillés par terre, mais la photo où il posait avec sa mère avait disparu. Rocco était entré dans ma vie comme un cadeau trop beau pour être vrai, et comme tout ce qu'on ne mérite pas et qui n'est pas à nous, il l'avait désertée à jamais.

Je ne l'ai pas cherché, conscient qu'il était parti pour que nul ne puisse le retrouver. Ni moi ni personne. J'aurais dû tenter de l'apaiser, le convaincre qu'il n'était pas coupable et qu'il devait se placer sous la protection de la police. Mais il m'avait déjà quitté. Notre relation s'était édifiée sur sa fuite, sa peur dévorante, et voilà qu'il s'échappait de nouveau, cette fois pour toujours. N'ayant été qu'un caillou sur son chemin, je n'avais aucune raison de le suivre.

Quelques jours plus tard, j'ai lu que les deux colocataires de Cecilia Prandi s'étaient volatilisés. Des amis acteurs évoquaient la relation orageuse de la jeune femme avec Emi, qui était le suspect numéro un, ce qui n'empêchait pas des groupes homophobes de décréter qu'Emi et Rocco avaient voulu supprimer cette pauvre fille pour s'enfuir ensemble.

D'aucuns affirmaient aussi qu'ils faisaient partie d'une secte et qu'ils s'étaient suicidés après l'avoir assassinée. Toutes sortes de théories délirantes et presque toujours anonymes circulaient, mais quelles qu'elles soient, l'enquête piétinait car de nombreuses inconnues subsistaient. Rien n'indiquait que Prandi ait avalé les cachets de son propre chef. À New York, les meurtres non résolus abondaient : chaque jour amenait son lot de femmes victimes d'un compagnon ou d'un ancien compagnon. On s'appuyait parfois sur des statistiques effrayantes : la jalousie d'Emi étant connue de tous, il était assurément coupable. Et l'autre colocataire ? Qui sait ? Il s'était peut-être enfui avec Emi juste après l'avoir aidé, puis l'assassin en avait fini avec lui car il menaçait de le dénoncer. Le carrousel de suppositions continuait de tourner. Quelqu'un a sûrement été chargé de l'enquête et a déniché des preuves concluantes, mais je n'ai rien lu à ce sujet.

Sans Rocco, New York a cessé d'être à mes yeux un décor de fiction. Ses parcs étaient toujours là, bientôt jonchés de feuilles dorées. Il y avait aussi ses grandes avenues où la vie ne s'arrête pour personne, le Chrysler Building et ses lumières dans la nuit. Mais j'ignorais désormais qui étaient les héros de l'orange pressée. Ni Rocco, ni moi, ni notre histoire. D'autres ne tarderaient pas à nous remplacer.

J'ai rapidement pris la résolution de quitter cette ville où mon passage avait été temporaire, une simple parenthèse qui s'était refermée après la fuite de Rocco, qui s'est peut-être suicidé ou a tenté un nouveau départ. Je suis moi aussi parti à la fin de mon contrat. Le jour où je me suis décidé, j'ai fait une promenade sur les quais et me suis retrouvé au Jane Hotel. J'ai gagné la petite terrasse sur le toit, où il n'y avait pas encore trop de monde à cette heure matinale. L'Hudson s'étendait devant moi, divisant la côte de New York et celle du New Jersey. Rocco se trouvait peut-être quelque part à la frontière des deux États, ou plus loin encore, accablé par une faute qui n'était la sienne qu'à demi. Était-il près ou loin, vivant ou mort ? Je ne le saurais jamais.

Je pensais à Robert Graves, à ses adieux au monde industriel britannique pour s'installer dans les montagnes ocres de la sierra de Tramontana, et au début de son autobiographie, *Adieu à tout cela*, où il disait profiter de l'occasion pour prendre congé de toi, de toi et encore de toi. Des adieux, car lorsque tout cela serait inscrit dans son cerveau, quand il l'aurait écrit et publié, il n'y songerait plus jamais.

FIN

Dans notre compartiment, Terry pianotait sur son ordinateur, qu'il ferma en nous voyant entrer.

— Je voulais ajouter quelques phrases dans la conclusion de ma conférence. On arrive à Édimbourg dans une demi-heure.

Dehors il faisait jour et les gouttes de pluie qui glissaient sur la vitre semblaient jeter un voile sur la réalité.

— J'espère qu'on ne me posera pas de questions sur *Rocco*, murmura Terry.

— N'y compte pas trop, l'avertit Bou. Vu le sujet que tu abordes, ça m'étonnerait qu'on ne t'interroge pas sur ton roman, alors prépare-toi.

— Tu as sans doute raison. Ça n'en finira donc jamais ! Où que j'aille, *Rocco* me poursuit !

— C'est plutôt Hans qui te poursuit.

Terry baissa les yeux.

— Désolé de t'avoir déçu, mais c'est plus dur pour moi que pour toi.

— Je suppose, oui. Et encore plus dur pour Hans.

Terry ferma les yeux en faisant un signe de dénégation.

— C'est sûr. Ça a été terrible et il me l'a bien fait comprendre la dernière fois que je l'ai vu, je peux te le garantir.

Bou regardait par la fenêtre et faisait mine de toucher les gouttelettes qui coulaient à l'extérieur.

— C'était quand ? demandai-je.

— Quelques jours après la publication du roman. Je lui en avais dédicacé un exemplaire et je l'ai invité à la maison pour le lui donner. Je savais que le côté sexuel de la relation de Rocco et du professeur le gênerait, mais je n'aurais jamais imaginé qu'il se fâcherait comme ça.

— Qu'est-ce qu'il t'a dit ? le pressai-je, car le train allait bientôt entrer en gare, mettant un terme à cette nuit et à son récit qui, lorsque je descendrais de voiture, serait clos à jamais.

— Il est entré en trombe, le livre à la main. J'ai tout de suite compris qu'il l'avait déjà lu. Moi j'étais prêt à lui donner l'exemplaire dédicacé mais il me l'a arraché, puis il a jeté le sien, qui s'est ouvert en laissant s'échapper des papiers. « Comment as-tu osé me faire ça ! Ma photo avec ma mère, mon lac et même mon tatouage, histoire de bien montrer à tout le monde que Rocco, c'est moi ! Comment as-tu pu exploiter ma vie et l'adapter à ta sauce ? Tout en me faisant croire que tu écrivais un roman innocent ! » Il hurlait et arpentait l'appartement, furieux, en citant des scènes du livre et en parlant de Rocco à la première personne : « Moi j'ai couché avec toi ! Tu es un vrai malade ! Alors comme ça, on est allés ensemble à Majorque ? Tu es complètement taré ! Je ne t'aurais jamais accompagné en voyage ! » Il enrageait. Je me suis confondu en excuses, je lui ai expliqué que rien de ce qui se passait dans le roman n'avait trait à lui, qu'il savait mieux que personne que le personnage de Rocco était une invention. Il fermait les yeux pour respirer lentement et reprendre son calme.

Terry marqua une pause. Lui aussi avait besoin de se rasséréner en évoquant cette scène.

— Il pleurait à chaudes larmes, un vrai torrent. « Tu ne te rends pas compte de ce que tu as fait, n'est-ce pas ? » Il était à un centimètre moi, comme si les mots qu'il prononçait étaient écrits sur mon visage. « À Cambridge je t'ai parlé des cauchemars de mon enfance et de mes hallucinations hypnagogiques. Des connards avec qui je vivais et avec qui je vis encore ! Tu ne te rends vraiment pas compte ? Je t'ai confié mes pires peurs et tu t'en es servi pour écrire une histoire que tu as publiée sans rien me dire. C'est minable de ta part. » Je lui ai rappelé que ce n'était pas la même histoire, que ce que j'avais rendu public n'était pas ce qu'il m'avait raconté. « Non, évidemment ! C'est pire, parce que le livre est suffisamment proche de la réalité pour que tout le monde comprenne qu'il s'agit de moi, à commencer par eux ! » a-t-il grondé avant de s'effondrer. Il a enfoui sa tête entre ses mains et il s'est affaissé le long du mur. Je me suis assis par terre, à côté de lui, et je me suis défendu, croyant avec sincérité à ce que je lui disais : « Hans, tu ne m'as jamais dit que tu avais assisté à la scène de meurtre que je décris dans le livre, pas vrai ? Tu ne m'as jamais raconté ça, tu m'as juste dit que tes colocataires se disputaient, que tu ne faisais pas la différence entre la réalité et les visions nocturnes. Je te signale que je ne mentionne aucune hallucination hypnagogique dans *Rocco.* » Je le revois le dos contre le mur, assis à même le sol, secouant la tête qu'il a levée vers moi en me regardant d'un air incrédule : « Je trouve incroyable que tu n'aies pas conscience de tes actes. Tu ne te doutais pas des répercussions qu'aurait la publication de ton roman ? Dans ce cas, pourquoi ne m'as-tu pas montré les chapitres où Emi et Prandi apparaissent ? Tu ne t'es jamais demandé ce qui n'allait pas entre mes colocataires ? Ceux de ma vraie vie ? Tu n'as pas songé à ce qui pourrait m'arriver après la sortie de ton bouquin ? » Il avait les yeux rougis, exorbités. À la fin, il m'a posé la question qui me hante toujours : « Dis-moi… tu es un fou ou un salaud ? »

« Je n'oublierai jamais l'expression qu'il avait, se remémora Terry. Il était terrifié comme devant le fleuve Charles, lorsqu'il m'avait parlé de ses hallucinations. Ce jour-là j'avais détourné la tête, mais là, c'était trop intense pour que je l'ignore.

Hans devait être très en colère, pensai-je en l'écoutant. Il attendait des explications et avait été confronté à l'inimaginable, c'est-à-dire à une personne inconsciente de ses actes, un aliéné qui ne s'était pas aperçu du mal qu'il avait fait et qu'il était incapable d'atténuer. Hans s'était probablement senti très seul face à Terry, qui n'avait pas idée de l'angoisse qui le gagnait. Je songeai à la solitude que vivent ceux dont les craintes échappent aux autres, à l'exil auquel les condamne la folie de se savoir irrémédiablement à l'écart. Hans avait-il eu la sensation d'une réalité fractionnée ? Se demandait-il si celui qui lui avait porté un coup de poignard était vraiment dans le déni ?

— C'est la dernière fois que je l'ai vu. Quand il a franchi la porte je me suis détesté, mais c'était pire quand il a craqué. Son incrédulité et ses craintes l'avaient vidé de ses forces et il n'avait même plus le courage de se battre. C'était affreux de le voir dans cet état, même si je trouvais qu'il exagérait quand il m'accusait d'avoir gâché sa vie. On ne peut pas gâcher la vie de quelqu'un en publiant un livre dont le personnage ressemble à cette personne. La vie est gâchée par des choses réelles, or je n'ai jamais connu les véritables raisons de son angoisse. Il est parti. Sa disparition a été considérée comme inquiétante dès le lendemain. J'ai appris que Mina, qui suivait cette affaire de près, l'avait signalée à la police, qui a auditionné des gens pour comprendre les raisons cachées de cette fuite. Des doigts désignaient des coupables, des rumeurs circulaient sur les réseaux sociaux. On m'a interrogé. Mina aussi a été convoquée, on me l'a dit plus tard. J'ai lu que les colocataires de Hans s'étaient également volatilisés, qu'on les avait cherchés pour les interroger, mais qu'on ignorait où ils étaient. Je n'ai jamais su si ces jeunes gens étaient dangereux ou non, si l'un d'eux avait voulu tuer l'autre et s'il y était parvenu, comme Emi avait tué Prandi, si après son forfait le criminel avait quitté la ville, s'il comptait mettre la main sur Hans et le supprimer. En définitive, je n'ai jamais été informé de ce qui s'était vraiment passé dans cet appartement pour que Hans soit à ce point terrifié. Mais je me refusais à croire à un drame comparable à celui que j'avais décrit dans *Rocco.*

Évidemment, pensai-je. Pourquoi ton cerveau aurait-il assimilé cette idée ? Tu as plutôt fait tout ton possible pour la chasser dès qu'elle ressurgissait en t'empêchant de dormir.

— Oui, je m'y refusais, répéta-t-il. Mais dans le désespoir et les craintes de Hans j'ai reconnu ceux que j'avais inventés pour les besoins de mon livre, juste avant le départ de Rocco. Dans une situation moins déplorable, cette symétrie aurait été drôle. Puis il y a eu l'article de Donovan Seymour me rendant responsable de la disparition de Hans et émettant l'hypothèse de son suicide ou de son assassinat par ses colocataires. Si Hans était encore en vie, Seymour m'en rendait responsable et m'accusait d'être égotiste et d'avoir ruiné l'existence d'un jeune homme qui vivait dorénavant dans la peur. Je ne me rappelle plus exactement quels termes il a employés, vous n'avez qu'à lire l'article, mais il disait à peu près cela : « Heureusement les hommes puissants ne jouissent plus d'une complète immunité. Ils ne peuvent plus regarder ailleurs et passer sous silence les conséquences de leurs œuvres destructrices. Ils doivent désormais eux aussi assumer les conséquences de leurs actes. » L'homme puissant, c'était moi. Pourtant je n'avais aucun pouvoir, ai-je pensé en lisant ces lignes. En quoi consistait donc mon pouvoir ? s'interrogea Terry en inspirant profondément.

« J'aurais pu le chercher de mon côté, encore que je me demande comment je m'y serais pris, j'aurais probablement engagé un détective. Mais je me disais que j'en avais assez fait. Comme le professeur, qui savait qu'il n'aurait plus de nouvelles de Rocco, je me suis résigné à ne plus revoir Hans.

Il se leva brusquement.

— Je vais aux toilettes avant qu'on arrive, expliqua-t-il d'un ton résolu.

Il s'éloigna.

— Pauvre Hans... Terry a étrangement « oublié » de dire que dans l'article, commença Bou en mimant des guillemets, Seymour affirmait qu'un des colocataires de Hans avait des antécédents pénaux, que dans le New Jersey son ancienne compagne avait dénoncé ses actes de violence. Comme je n'étais pas au courant des révélations que Hans avait faites à Terry, je n'y ai pas accordé trop d'importance sur le moment... ou alors je n'ai pas vu ce que je n'ai pas voulu voir. Enfin... soupira-t-il à l'instant où on annonçait notre arrivée en gare de Waverley.

— Eh bien voilà ! s'écria Terry en pénétrant dans le compartiment.

Oui, nous étions à Édimbourg et ce trajet interminable touchait à sa fin. Nous laissâmes derrière nous le train, son wagon-restaurant et ses lumières diffuses, les histoires qu'on y entendait et les livres qu'on y lisait. Tout cela resta sur les voies pendant que Terry, Bou et moi marchions dans le hall principal comme des personnes voyageant ensemble, ce que nous étions au demeurant, même si nous ne nous connaissions pas quelques heures auparavant.

L'agitation régnait dans cette gare comme dans celle d'Atocha par une matinée lointaine, à la différence près qu'ici il n'y avait ni tortues ni hordes de touristes, mais des usagers allant au travail d'un pas régulier. Autour de nous se déployaient des commerces tels que Pret A Manger, la pharmacie Boots et la librairie WH Smith. Depuis quelques années, les gares et les grandes artères du Royaume-Uni sont aussi prévisibles que les aiguilles d'une montre.

Le moment était venu de nous dire adieu. Sous la coupole du hall, Terry fit le premier pas.

— Eh bien, ma chère Alicia, dit-il en se rapprochant de ma joue droite, je regrette tous les désagréments causés par mes révélations nocturnes. Cela dit, j'ai éprouvé un plaisir inattendu à faire ce trajet, cette petite part de vie, en ta compagnie.

À l'entendre la vie était une pizza. Combien en restait-il de parts pour Bou, Terry et moi... en partagerions-nous d'autres tous les trois ?

Tandis que Terry effleurait ma joue gauche où il déposa une seconde bise, je lâchai ma petite valise et l'étreignis dans un élan si inopiné qu'il resta plusieurs secondes pétrifié avant de me serrer à son tour. J'étais étonnée par ma réaction alors que je ressentais plutôt une aversion presque palpable à son égard, mais là, je ne comprenais plus trop qui méritait quoi. Je me représentai la coupole de la gare vue du ciel, l'île britannique couverte de nuages, la Terre suspendue dans le noir. Sans réfléchir au sens de mes paroles et à celui du pardon, en enlaçant Terry j'enlaçai aussi Daniel et la fin de ce qui n'avait jamais été, et je sus que, de son côté, Terry enlaçait Hans. Nous étions des histoires, des parts de vie qui s'étaient croisées ponctuellement comme nous nous croisons tous un jour lors d'un trajet dont on ignore s'il sera long.

Je me souvins que l'écrivaine Rosa Montero avait parlé de la continuité de l'esprit humain, de l'existence d'une sorte d'inconscient collectif comparable à des bancs de poissons dansant de concert. J'avais toujours imaginé ces poissons serrés les uns contre les autres, entraînés par les flots comme sur un toboggan aquatique. Je comprenais à présent qu'ils nageaient souvent à contre-courant. Obstinés, les esprits humains nageaient à la manière des poissons contre tout ce qui se dressait en travers de leur chemin, les incitait à se disperser ou à se replier sur eux-mêmes. Nous luttions en trébuchant encore et encore, mais toujours en quête d'une première personne du pluriel sous la forme d'autres poissons, désireux de partager avec eux l'obscurité dans laquelle nous évoluions.

Bou ouvrit les bras.

— Alicia... susurra-t-il, ses yeux rendus plus clairs dans la lumière matinale.

— J'ai été ravie de te rencontrer, lui dis-je.

Moins ravie qu'il ne l'était lui, ajouta-t-il en retenant ma main avant que nous nous séparions, lui rejoignant Terry et moi en route vers les bureaux de WorldTrans.

— Alicia !!! cria-t-il alors que nous avions commencé à marcher. Elle s'est refermée ? La porte du balcon. Tu l'as de nouveau fermée de l'extérieur ?

— Non, jamais ! m'exclamai-je en éclatant de rire.

Il pivota en souriant et se dirigea vers la sortie.

Le lundi fut chargé en réunions et en travail à abattre. Être occupée était le meilleur des scénarios. Si j'avais eu le temps de souffler, j'aurais ressenti de la fatigue ou de la nostalgie et ma journée aurait été gâchée.

Dans ma chambre d'hôtel, j'eus une fois de plus l'impression que des années s'étaient écoulées sur une période très brève, qu'au lieu d'avoir parcouru des kilomètres j'avais fait un bond dans le futur. Notre corps percevait peut-être l'action de traverser l'espace et le temps de manière similaire, d'où cette perception.

Une pluie aux gouttes timides et lentes, typiquement écossaise, tombait. Heureusement mon hôtel n'était pas un de ces immeubles modernes dont les fenêtres intelligentes refusent de s'ouvrir, mais une ancienne bâtisse où on pouvait encore les ouvrir à sa guise. Je ne m'en étais pas privée pour y laisser pénétrer toute l'humidité en suspension dans l'air ainsi que le froid nocturne. Au loin résonnait *That's Life* de James Brown.

Après m'être douchée, je commanderais sur Internet un exemplaire de *Rocco*, qui m'attendrait lorsque je retournerais à Londres à la fin de la semaine. Je sortis de la valise mon ordinateur et le magazine que j'avais fait semblant de lire avant que Terry se présente. Je ne me rappelais pas l'avoir rangé dans mes affaires, mais il est vrai que la nuit avait été longue.

Je m'apprêtais à jeter cette revue quand je remarquai un Post-it jaune marqué d'un C collé sur la couverture. Sur la deuxième page j'en découvris un autre avec un A. Je souris, une boule dans la gorge : il y avait en tout sept Post-it sur les sept premières pages qui, placés côte à côte, disaient : « CALL ME ! » Et à la huitième page, un autre sur lequel figurait un numéro de téléphone américain. Je revis les yeux couleur miel de Bou sous la coupole de la gare de Waverley.

Dans la chambre baignée de nuit et de froid s'élevaient la guitare et la voix de James Brown, qui chantait des paroles qu'on avait plus l'habitude d'entendre de la bouche de Frank Sinatra… *I've been up and down and over and out, and I know one thing. Each time I find myself, flat on my face. I just pick myself up and get right back in the race…*

Je rangeai les huit Post-it, me douchai et m'endormis profondément.

Ma semaine à Édimbourg passa très rapidement et le vendredi je repris le train pour Londres. En traversant l'île vers le sud, je ne pus m'empêcher de penser à Terry, à Bou et à nos conversations dans le compartiment. Avais-je beaucoup parlé de moi ? Nous étions-nous contentés d'écouter le récit de Terry ou avions-nous partagé des histoires, comme les amibes lors de leurs rapports sexuels ? Dans un essai, Ursula K. Le Guin explique que la reproduction des amibes ressemble aux communications entre humains les plus abouties. Les micro-organismes se reproduisent en fusionnant ; il s'agit là d'un type de sexe qui n'a rien d'un monologue mais est plutôt idyllique et transformateur, car les amibes laissent une partie de leur matériel génétique dans leurs partenaires : c'est un parfait échange d'histoires. Pour que la nuit du dimanche ait été amibienne, j'aurais dû me révéler davantage, mais aucun récit n'est jamais vraiment complet, et en ce qui concernait mon histoire la version des autres participants manquait : la vision de Daniel, l'opinion d'Arturo Belando, celle de Saleh et de Jananiah. Quant à moi je n'avais pas entendu Hans et Mina. Je n'avais pas lu non plus l'article de Donovan Seymour, préférant d'abord prendre connaissance de *Rocco*.

Une semaine après être arrivée à Londres, alors que je marchais au cœur de la ville, je remarquai derrière Euston Road un immeuble auquel je n'avais auparavant jamais prêté attention. L'inscription latine au-dessus de la porte, INDOCILIS PRIVATA LOQUI (« Inapte à révéler des secrets »), m'avait intriguée. J'observai l'entrée et découvris une liste de spectacles de magie. L'endroit s'appelait THE MAGIC CIRCLE.

On m'en avait déjà parlé. C'était un club de magiciens qui existait depuis le début du XXe siècle. J'entrai pour y flâner : il y avait des zones réservées aux membres, des bibliothèques, des salles d'archives, des passages dont l'accès était interdit aux visiteurs. L'exclusivité de ce lieu ne s'appliquait pas uniquement à la préservation des secrets de prestidigitation. En lisant l'histoire de cette institution j'appris qu'autrefois les femmes n'y avaient pas droit de séjour, de sorte que jusque dans les années 1980, certaines s'étaient travesties en hommes afin d'exercer une activité au sein de ce prestigieux institut. Les histoires des lieux triés sur le volet se ressemblent toujours. En 1991, les magiciennes remportèrent la bataille, si bien qu'aujourd'hui la vice-présidente était une femme, qui se chargeait entre autres choses de discréditer et d'expulser tout membre ayant révélé des trucs de magie. Je l'imaginais puissante, capable de faire disparaître les traîtres et les indésirables. Je la voyais avec des cheveux courts et clairs, comme le crapaud réincarné en fille blonde du glacier, mais avec un immense haut-de-forme.

Parmi les prochains événements je relevai un spectacle récurrent intitulé *Magie pour tous ceux qui ont rêvé un jour de devenir des prestidigitateurs.* Je n'avais pas encore composé le numéro sur le Post-it. Je redoutais de ne rien avoir à dire à Bou et n'étais pas sûre de vouloir parler de Terry et de Hans. Mais ce spectacle me fit penser à lui, aussi achetai-je deux billets que je lui envoyai via l'e-mail de l'université. Par chance, je n'avais pas oublié qu'il s'appelait Mick Boulder.

Le samedi matin je m'étais réveillée dans la gare de King's Cross, de retour d'Édimbourg. Chez moi m'attendait l'exemplaire de *Rocco* sur le paillasson, mais comme souvent le présent s'était imposé et je ne l'avais pas lu immédiatement. Je l'avais déposé sur ma table de chevet jusqu'à ce que je revienne de ma promenade au Cercle de la magie, et là, je le dévorai.

En parcourant un livre on a toujours son propre passé en tête. Après avoir tourné la dernière page de *Rocco,* les accusations que Bou avait portées contre Terry résonnaient en moi, ainsi que les tentatives du professeur pour se dédouaner. Nos discussions dans le compartiment restaient très présentes dans mon esprit, et tout au long du roman je vis le fleuve Charles en lieu et place de Majorque et songeai à la responsabilité de Terry dans la disparition de Hans, mais aussi à celle de Daniel quand il m'avait abandonnée à Socotra.

Je cherchai ensuite l'article de Donovan Seymour, ouvrant les portes du caractère obsessionnel que peut revêtir l'excès d'information sur la Toile. Il me suffit de taper « Terence Milton » pour qu'apparaissent aussitôt les termes « assassin », « dépravé », et tout un tas de théories sur le point de chute de Hans, qui de l'avis de nombreux lecteurs n'était plus de ce monde parce qu'il s'était suicidé après la publication du livre. D'autres avançaient qu'il n'avait jamais existé, que Donovan Seymour et Terence Milton s'étaient acoquinés pour l'inventer dans le but d'augmenter les ventes du roman. D'aucuns enfin incriminaient Seymour, qui avait nui à la réputation de Hans en révélant les clés de *Rocco*.

Terry était-il en mesure de comprendre ce qu'il avait déclenché ? En matière de responsabilité, tout est en demi-teinte : quelle nuance était la sienne sur l'échéancier des gris ? Il avait dû envisager que son roman affecterait Hans, qu'il présentait un risque, mais qui n'a pas eu un jour envie de jouer avec le feu et de brûler autrui ? M'étais-je brûlée en jouant avec Daniel ?

L'avalanche d'hypothèses qu'on lisait sur le Net n'était guère différente du torrent d'interrogations qui déferlait en moi. Je songeai à l'étreinte de Terry dans le hall de la gare, et n'ayant aucune autre certitude je m'accrochai à celle d'avoir vécu une part de vie, un instant où nos histoires à bord d'un train de nuit avaient convergé dans la même direction. Car pendant ce long trajet peuplé d'indécisions, nous avions nagé à contre-courant, très serrés l'un contre l'autre et ensemble à la première personne du pluriel.

Après le Tower Bridge, sur la rive nord de la Tamise s'étendent les docks de St Katharine. Dans cette zone exclusive où on a recréé l'ambiance d'une marina méditerranéenne, le piéton marche entre des immeubles flambant neufs, des yachts et des cordages qui le soustraient momentanément à la réalité londonienne.

Je vivais dans le quartier de Wapping, l'un des plus sinistres et centraux de la ville, qui bien qu'étonnamment proche de la marina de St Katharine fait partie d'un autre monde. On sait qu'on est à Wapping dès lors qu'on est entouré de pavés et que les entrepôts le long de la berge masquent la faible luminosité du ciel. Sur ces édifices on peut encore lire le mot *wharf*, un vieux terme anglais signifiant « embarcadère » ou « quai ». De nos jours, ces constructions ont été restaurées et leurs appartements peuvent être clairs et spacieux. D'autres restent très sombres du fait de l'étroitesse des rues. Seuls quelques privilégiés ont vue sur le fleuve et ils ne partagent leur lumière avec personne.

Wapping n'est pas une île, mais ce quartier a été conçu autour de l'eau et n'existerait pas sans elle. Il est mentionné pour la première fois au XIIIe siècle, et depuis il a été le théâtre de meurtres et présente l'aspect sordide souvent indissociable des ports : pirates et bandits y débarquaient, les maraudeurs arrivaient là par voie terrestre, en quête de butins à voler à bord des navires. Le Blitz de la Seconde Guerre mondiale a presque entièrement détruit Wapping, et pendant les années 1950, 1960 et 1970, c'est à peine si on le considérait comme un quartier de Londres : laissé à l'abandon, il se composait de rues désolées, d'entrepôts en ruine et de portes rongées par l'humidité du fleuve.

Désormais, comme pour d'autres lieux de la capitale britannique, son histoire funeste présente un attrait touristique. Des groupes de curieux à la suite de leur guide rient en écoutant les récits d'exécutions et l'évocation de fantômes qui peuplaient ces rues dans les brumes de la Tamise. Moi j'y avais trouvé un studio au loyer raisonnable et j'aimais vivre à proximité de l'eau, qui me donnait le sentiment d'être plongée dans une atmosphère poreuse : du fleuve montait non seulement l'humidité mais aussi le brouillard, qui à l'aube voilait la réalité pour me proposer un décor de roman policier.

Le silence qu'on perçoit avec le plus d'intensité est celui qui nous environne dans une ville. À Socotra il s'inscrit totalement dans l'air ; ses plages interminables sont faites de quiétude. Dans un milieu urbain le silence est en revanche singulier : le monde résonne comme s'il était mis en sourdine. C'est du moins l'impression que j'avais dans les rues de Wapping, où la circulation et les commerces étaient quasi inexistants.

Trois semaines s'étaient écoulées depuis que Terry, Bou et moi avions pris congé. J'en avais passé une à Édimbourg et deux à Londres, où j'avais découvert le Cercle de la magie, qui m'avait remise en contact avec Bou, son professeur et Hans. Puis j'avais enfin lu *Rocco*.

Sept jours plus tard, je sortis de chez moi dans la ferme intention de marcher jusqu'à l'Old Vic, le théâtre qui s'élève derrière la gare de Waterloo. J'avais acheté une place pour aller voir *Les Amants terribles*. Rocco frappait toujours à ma porte, or il m'était plus facile de traverser la ville que de me rendre à Majorque ou au Jane Hotel, sur les rives de l'Hudson.

Je songeais à tous les lieux qui, même édifiés sur la terre ferme, ne seraient pas là sans la présence de l'eau. L'image du *Gulf Dove,* le pétrolier sans doute échoué à jamais au milieu des dunes de Socotra, me revint à l'esprit : il avait été attaqué par des pirates comme ceux qui avaient terrorisé les habitants de Wapping pendant des siècles. Je me rappelais le silence de cet immense bateau immobile, abandonné sur cette côte après avoir été déserté par les marins, les frères de ceux qui amarraient leurs navires sur les quais de la Tamise. De là, ils levaient l'ancre pour traverser l'océan Atlantique et arriver sur le fleuve Hudson, puis ils déboursaient 25 dollars et dormaient au Jane Hotel. L'eau était le mode de vie, la subsistance de ceux qui avaient le mal de terre car leurs cerveaux n'admettaient pas la solidité du sol.

En sortant de chez moi je m'acheminai vers le Bascule Bridge, un pont en fer forgé impossible à ignorer car d'un rouge intense. Il faisait étonnamment beau pour un mois d'octobre, qui en général est sombre et marque une forte avancée dans l'automne. Je marchai dans le quartier jusqu'à atteindre le Tower Bridge et gagner la rive sud de la Tamise, un univers complètement différent, sans brouillard, sans voyous ni silence, peuplé de touristes, regorgeant de cafés où on servait de gigantesques madeleines, de pubs aux balcons fleuris, de musiciens et d'artistes, une rive bien plus lumineuse que celle d'en face. Je laissai derrière moi le croiseur *HMS Belfast,* aussi imperturbable que le *Gulf Dove,* mais encore en état de fonctionnement. Au niveau du London Bridge je perdis quelques minutes le fleuve des yeux et croisai peu après un flot de touristes attirés par le théâtre du Globe, Borough Market et la Tate Modern. Mais cette foule se dissipa rapidement et très vite j'aperçus les ampoules bleues suspendues dans les arbres de Gabriel's

Wharf ainsi que les stands des bouquinistes qui s'étendaient devant le British Film Institute.

Comme le savent les *flâneuses**, les pas qu'on fait dans une ville pour avancer nous projettent en arrière et nos souvenirs remontent. Dans les miens demeuraient Socotra et la quiétude du confinement à Madrid, plus présents depuis que j'avais rencontré Terry et Bou dans le train de nuit. Les images liées à leurs récits et à ceux de Rocco et du professeur se mêlaient aux miennes comme si elles s'inscrivaient dans ma mémoire.

Arrivée en avance à proximité du Old Vic, je tuai le temps en me promenant dans une rue piétonne non loin du théâtre. Chaque commerce donnait l'impression d'être un lieu de rendez-vous. Je franchis la porte d'un bar où une ancienne Vespa était exposée devant la baie vitrée. Un chat blanc et gris sortit de cet endroit fait de bric et de broc, composé intentionnellement d'un fouillis de vieux objets pour la plupart inutilisables. Des bouteilles avaient été transformées en bougeoirs dégoulinants de cire sur des tables qui avaient l'air de vieux pupitres récupérés dans une école fermée après la Deuxième Guerre mondiale. Je remarquai aussi des transistors des années 1970, des ampoules multicolores de fêtes villageoises, des reliques du sud de l'Italie, une publicité rouillée vantant le Coca-Cola… tout était conçu pour plonger les clients dans la nostalgie et un monde analogique désormais inexistant, une illusion qui s'évanouissait très vite à la vue des MacBook de dernière génération des habitués.

Je m'assis à une des tables les plus proches de la porte, en face d'un mur sur lequel s'étalaient de grandes lettres en bois formant le mot *SPANISH*. En dessous une fille tapait sur le clavier de son ordinateur. Je pensai aussitôt que, comme moi, elle était espagnole, mais les lettres clouées sur le mur m'induisaient peut-être en erreur.

L'éventuelle Espagnole rangea son ordinateur et annota au crayon un texte imprimé qui fit d'elle la créature la moins « digitale » de la salle depuis le départ du chat. Un homme entra et sourit en la voyant de dos, puis s'installa devant elle en dénouant son écharpe, ses verres de lunettes embués. Il la salua, elle se leva pour le serrer dans ses bras et je pus constater qu'ils étaient en effet tous deux des compatriotes. À en juger par son enthousiasme, elle ne l'avait pas vu depuis longtemps. Elle avait tiré vers elle sa chaise libre pour qu'il soit plus proche, rangea le texte et lui indiqua par signes qu'elle était prête à lui consacrer toute son attention.

En voyant Terry et Bou dans mon compartiment, j'avais deviné les liens qui les unissaient, mais il n'est pas toujours simple de déterminer les relations qui existent entre les étrangers que nous croisons. Ces deux personnes s'étaient dit bonjour comme de vieux amis, et sans doute l'Espagnole – appelons-la Andrea – et le jeune inconnu se considéraient-ils ainsi. Ils l'étaient probablement depuis longtemps, songeai-je avant de conclure qu'ils ne le seraient certainement pas toute la vie, qu'un jour, dans de nombreuses années, ils ne seraient plus l'un pour l'autre que des témoins. Mais je pouvais me tromper et ils se perdraient de vue d'ici quelques mois à peine pour être relégués au rang de souvenirs. Dans un lieu plus chaleureux que Londres, un papillon battait des ailes afin de créer une version différente de la réalité que je ne connaîtrais jamais, car *Les Amants terribles* n'allaient pas tarder à commencer, aussi m'apprêtai-je à sortir.

Je me dirigeais vers la porte quand un de mes gants tomba sans que je m'en aperçoive.

« Excusez-moi, vous avez perdu ça ! » entendis-je dans ma langue. Je me tournai vers la fille, éprouvant la sensation de familiarité qu'on a lorsqu'on rencontre ne serait-ce que quelques minutes un de ses compatriotes à l'étranger.

Je la remerciai et nos doigts s'effleurèrent quand elle me rendit mon gant. La serveuse posa un café sur le comptoir en criant : « Marta ! » Celle que j'avais nommée à tort Andrea pivota.

Les Amants terribles était une amusante comédie de mœurs avec un côté vaudevillesque. De retour chez moi je pensai à l'interprétation de Richard Burton et Elizabeth Taylor, au poids qu'ils avaient dû imprimer aux dialogues entre Elyot et Amanda. Dans *Rocco*, Prandi avait décroché le rôle d'Amanda, qu'elle n'avait jamais pu jouer, non seulement parce qu'elle était morte, mais surtout parce qu'elle était un personnage de roman. Cette idée me parut tout à coup très étrange.

Je passai devant le Prospect of Whitby, un pub légendaire ouvert depuis le XVIe siècle qui avait accueilli des pirates et des tueurs ; plus tard, Richard Burton, Frank Sinatra et Kirk Douglas étaient venus s'y encanailler. Comme il était proche de Pelican Stairs, on appelait également cet établissement ainsi. Au bas des marches, on accède au fleuve et au gibet auquel d'innombrables prisonniers, voyous ou innocents ont été pendus. Le nœud coulant est là pour rappeler ces temps funestes aux passants.

Le soir, lorsque je regagnais mon appartement, je ressentais plus intensément l'histoire de ce quartier. Je marchais en dressant l'oreille afin d'identifier le moindre bruit au cas où quelqu'un m'aurait suivie, comme le font en général les femmes, les cinq sens en alerte, avant de s'engouffrer dans un hall d'entrée ou un ascenseur. Ce jour-là, je remarquai que le danger ne se situait pas derrière moi, mais devant. De loin je distinguais une forme vague qui devint à hauteur de Pelican Stairs une silhouette tournée vers la Tamise. J'hésitai à poursuivre ma route, puis cette personne à demi cachée fut éclairée par les faibles lueurs d'un réverbère et je reconnus aussitôt Bou. Il n'avait pas encore conscience de ma présence. Je souris sans témoins à ma joie et m'approchai de lui.

— Bonsoir, monsieur Boulder ! m'exclamai-je comme s'il était tout à fait normal qu'il soit dans mon quartier.

— Alicia ! s'écria-t-il en sursautant. Tu m'as fait peur ! C'est glauque, ici ! D'où tu viens ?

— Moi ? J'habite juste à côté ! Et toi, d'où tu sors ?

Il porta les mains à sa tête et prit une longue inspiration en regardant le ciel, comme s'il se remettait de la frayeur que je lui avais causée. Je pouffai de rire tant ses gestes me paraissaient exagérés.

— Je sais où tu habites ! s'esclaffa-t-il en pointant un doigt vers Bascule Bridge. Je t'ai attendue devant ta porte, mais tu n'arrivais pas, alors je suis allé dans ce pub, qui était ouvert. J'y ai laissé ma valise et une pinte de bière parce que le serveur m'a dit que je devais à tout prix connaître cet escalier tristement célèbre pour je ne sais quelles exécutions. Je me suis penché et j'ai vu un gibet. Quelle horreur ! Et toi qui apparais comme un fantôme !

J'avais l'intention de lui raconter l'histoire atroce de Wapping, mais avant cela, je tenais à savoir ce qu'il faisait à cinquante mètres de chez moi.

— Tu n'es pas rentré à New York avec Terry ?

— J'en avais l'intention, mais on était encore en Écosse quand j'ai reçu deux billets pour assister à un spectacle du Cercle de la magie, à Londres. J'ai donc pris le train jusqu'ici. Au fait, tu sais qu'il y a des trains de nuit qui traversent toute l'île ?

— Ah oui ? ai-je demandé, tout sourire. Rentrons, ça se réchauffe vite, une pinte qu'on laisse sur une table.

À l'intérieur du pub, je jetai un coup d'œil sur sa valise. Il perçut certainement un signe d'inquiétude de ma part (« S'imagine-t-elle que je compte emménager chez elle ? ») et s'empressa de s'expliquer :

— Ce n'est pas ce que tu crois, on n'est pas dans *Rocco* et je n'ai pas pour habitude de m'installer chez les gens que je connais à peine.

— Très marrant ! Je me doute bien que ce n'était pas ce que tu avais prévu.

— Tu as lu *Rocco*, d'ailleurs ?

— Le week-end dernier. Et figure-toi que je viens de voir *Les Amants terribles* au théâtre.

— Pauvre Prandi. Elle n'a pas pu jouer Amanda.

— La pauvre, oui.

— Comment as-tu trouvé le roman ?

— Eh bien, disons que je ne l'ai pas lu comme une fiction. Pour moi le professeur qui n'est jamais nommé a les traits de Terry. Je sais que ce n'est pas vrai, mais je ne pouvais pas m'empêcher de me le représenter comme ça. Le professeur était Terry et Rocco était Hans, même si je ne l'ai jamais rencontré. J'avais aussi l'impression d'être encore avec vous dans le train. Soit la nuit que nous avons passée ensemble était un scénario fictif, soit *Rocco* est une histoire vraie.

— Je comprends. « Rien n'est à la fois plus réel et plus illusoire que l'acte de lire[3]. »

— C'est de toi ?

— Non. De Ricardo Piglia.

— Piglia… Javier Marías, Milan Kundera, Joan Didion… c'est triste et bizarre de penser à eux, tous ces auteurs avec lesquels j'ai grandi et qui sont morts maintenant, alors que je suis bien vivante et que je parcours encore leurs livres en appréciant leur esprit. Les poètes modernistes n'ont jamais été mes contemporains. Les autres, ce n'est pas pareil. J'ai partagé un espace temporel avec eux et je n'arrive pas à m'habituer à l'idée qu'ils sont partis, que leurs personnages sont orphelins, inanimés.

3. Ricardo Piglia, *Le Dernier Lecteur*, Bourgois, 2008, traduit par André Gabastou (NdT).

Bou m'observait avec tendresse.

— Tu as faim ? lui demandai-je.

— Une faim de loup !

— Il y a un Italien juste à côté, si ça te dit. Moi non plus je n'ai pas dîné.

— Ils servent des paellas au homard et des sandwichs bikinis en plus de leurs spécialités italiennes ?

— Non !

Je ris en songeant à la scène de *Rocco* qui se déroulait dans Il Trucco, où Terry était allé en compagnie de Hans dans la vraie vie.

Il Bordello était un restaurant familial, à l'éclairage un peu trop violent et aux serveurs octogénaires et aimables. Dépourvu de toute prétention new-yorkaise, il ne cherchait pas à « faire » italien ou ancien. On y mangeait des plats généreux, simples et délicieux. Nous commandâmes une *cotoletta alla milanese* et des *spaghetti alla puttanesca* arrosés du vin de la maison.

Ce soir-là, nous rîmes et passâmes une soirée comme de vieux amis, ce que nous n'étions pas. Bou me raconta que la conférence de Terry avait été un succès, mais qu'on l'avait comme prévu interrogé au sujet de *Rocco*. Quand je lui demandai comment Terry s'était dépatouillé, il marqua une pause avant de me répondre.

— Pas si mal, en vérité. Ça aurait pu être pire.

Il m'apprit qu'après la conférence ils étaient partis dans les Highlands et qu'en recevant mon mail avec les billets pour le spectacle de magie, il avait décidé de repousser de quatre jours sa date de retour à New York.

— Tu comptes rester chez moi tout ce temps ?

— Ça dépend. J'ai réservé un Airbnb deux rues plus loin, mais je peux l'annuler, dit-il en tendant un bras vers la porte du restaurant.

— Je t'héberge à condition que tu m'invites au spectacle de magie.

— Ça marche.

— Et comment va Terry ? Il est rentré aux États-Unis ?

— Hier. Il a pris un vol depuis Édimbourg.

J'avais une foule de questions à poser à Bou, au point que je ne savais pas par où commencer. J'aurais voulu qu'il s'étende davantage sur sa venue à Londres, mais Terry, Hans et Rocco se montraient insistants et je n'osais pas les décourager.

— Bou, à ton avis, qu'est-ce que Hans est devenu ? Tu crois qu'il s'est suicidé ou qu'il s'est simplement volatilisé ? Où peut-il bien être ?

— Je l'ignore. Je t'avoue que je ne l'ai pas souvent vu. Terry lui-même nous a dit dans le train qu'il l'avait plus imaginé que réellement connu. Je ne pense pas qu'il sache où il est. D'après moi il ne s'est pas suicidé, mais il s'est mis en retrait des gens et du milieu qu'il fréquentait, en tout cas de ses colocataires et de ses amis new-yorkais.

— Comme Rocco.

— Oui, plus ou moins, dit-il en portant un morceau d'escalope à sa bouche. Tu veux goûter ?

— Non merci. Rocco non plus ne se suicide pas.

— Non. La fin est ouverte, mais je crois qu'il part pour changer d'environnement et d'entourage, qu'il devient par conséquent une autre personne. C'est une façon de se suicider, mais sans s'ôter la vie.

— J'aimerais tellement que Hans ait fait la même chose.

— Oui, moi aussi.

Nous mangeâmes, trinquâmes, abordâmes ensuite des sujets sans rapport avec Terry ou Hans, puis nous quittâmes le restaurant.

En chemin je lui montrai d'autres accès au fleuve moins déprimants que le précédent et dépourvus de gibets. L'eau était basse et laissait à découvert une grande partie du quai en général immergée. Verdie par la mousse, elle ressemblait à un squelette ou à un échafaudage, comme si quelqu'un avait oublié de baisser le rideau pour cacher ce qui se passait dans les coulisses.

Bou resta dormir chez moi, mettant un terme à la fiction et aux mots pour échanger sa salive avec la mienne. Une nuit seulement. Ou quatre.

Terry était mort depuis trois mois. Je n'avais appris son état critique que quelques semaines avant son décès ; je n'avais rien remarqué dans le train qui nous menait vers Édimbourg. Quand Bou me révéla le mal qui le rongeait, la nuit où nous avions partagé le même compartiment me revint en mémoire, ainsi que la tristesse de Terry, son sentiment de faute, son image dans le miroir. Je me mis à considérer son histoire sous un angle différent, avec les yeux d'une personne qui vient de compléter la face rouge du Rubik's Cube et sait que bien qu'elles ne soient pas apparentes, il lui reste encore cinq autres faces à unifier.

La mort de quelqu'un imprime toujours un nouveau tournant dans son histoire qu'on pourrait croire terminée, pourtant à la fin de sa vie des voix s'élèvent et tout ce qui était plongé dans le silence s'agite. Ils étaient nombreux à avoir jugé Terence Milton, mais après sa disparition beaucoup louèrent sa ténacité et défendirent sa liberté d'écrivain.

Environ un mois après nos adieux à Édimbourg, Terry m'avait envoyé un colis contenant du sirop d'érable, de la farine pour faire des pancakes et une boîte de cookies Insomnia, le tout accompagné d'un mot qui disait :

Alicia,

Depuis Manhattan, une accolade comme celle de la gare d'Édimbourg.

Ton dévoué,
Terence Milton

En dehors de cela, je n'eus plus guère de contacts avec lui, et dans ces relations sporadiques il n'y avait rien qui trahisse une détérioration physique. Mais j'étais encore à l'âge où on ne craint pas pour la vie d'autrui, où on ne conçoit pas que ceux qu'on connaît puissent être emportés dans la mort par des tumeurs malignes ou des artères bouchées.

Après ce premier séjour chez moi, Bou revint régulièrement à Londres. Nous évoluions dans les limbes caractérisant le début des relations entre deux individus que sépare un continent ou un océan. Terry ne voulait pas qu'on parle de sa maladie, sans doute refusait-il de renvoyer une image de faiblesse, à moins qu'il n'ait eu peur que l'annonce de cette mauvaise nouvelle ne fasse empirer les choses. Fidèle à son mentor, Bou ne m'en avait pas touché mot, jusqu'à ce qu'il lui rende visite et qu'il comprenne que le vieux professeur cherchait à mettre de l'ordre dans sa vie, ses publications et son petit héritage, car il avait compris qu'il ne lui restait plus longtemps à vivre.

Là, sur le ton de la confession, Terry avait prié Bou de l'écouter. Il quitterait ce monde sans savoir ce que Hans était devenu et il l'acceptait. Mais lorsqu'il ne serait plus là, il désirait que son jeune ami aille trouver Hans et lui demande pardon de sa part. Sur son lit de mort, il voulait expier sa faute.

Face à quelqu'un qui énonce ses dernières volontés dans un état de fragilité extrême on promet, et Bou s'engagea à aller chercher Hans. Il m'avoua plus tard qu'il lui avait été douloureux de voir Terry aussi affligé et il jugea la situation pathétique : dans ses ultimes instants, son vieux mentor aspirait à maîtriser son récit et se souciait de Hans au point d'envoyer son disciple à sa rencontre et de faire de sa propre mort une histoire tragique qui laisserait les auditeurs sans voix, car la mort est sans réplique. Bou lui promit d'exaucer son souhait, mais il ignorait comment il s'y prendrait, Hans n'ayant pas laissé de traces.

— Et c'est là que Terry m'a dit qu'il savait où Hans pouvait être.

Terry avait alors raconté à Bou ce qui était survenu la dernière fois qu'il avait vu Hans, quand le jeune homme était arrivé chez lui très en colère. Il n'avait pas pu lui donner le roman car Hans l'avait déjà lu et détestait le texte presque autant que son auteur. Ce jour-là, Hans avait oublié chez Terry son exemplaire et les papiers qui s'en étaient échappés lorsqu'il avait fait tomber le livre que Terry comptait lui dédicacer. Avant de sortir en début de soirée, le professeur avait ramassé les deux exemplaires de *Rocco* et les papiers, deux factures d'électricité de l'appartement qu'occupait Hans dans le Lower East Side et une lettre envoyée de Genève, une notification du canton genevois adressée à Hans Haig, 12 rue de Hesse. L'enveloppe était revêtue des cachets de la poste signifiant que le destinataire n'habitait plus à l'adresse indiquée. Terry savait que Hans avait pris des cours de théâtre à Genève. Il était donc plausible qu'il ait vécu rue de Hesse avant de partir pour New York.

Quand nous avions discuté dans le train au fil de cette longue nuit, Bou m'avait dit que Terry et lui revenaient de Paris, où ils avaient présenté *Rocco* en français. Couché dans son lit de malade, Terry lui avait rappelé qu'à l'époque il avait eu l'intention de prendre le train jusqu'à Genève et la rue de Hesse, afin de trouver une piste lui permettant de remonter jusqu'à Hans. Puis l'idée de s'aventurer en Suisse et de rentrer sans avoir rien découvert l'avait atterré. Au fond il appréhendait davantage que toutes les pièces du puzzle s'imbriquent les unes dans les autres et que Hans se matérialise devant lui. Que lui aurait-il dit ? Aurait-il continué à s'humilier devant lui en formulant ses regrets ? « Je vais bientôt mourir, mais pour quitter ce monde en paix, je dois te dire que j'ai écrit ce roman parce que je t'aimais, même si je te voulais pour moi seul au risque de te perdre. » Terry s'était donc ravisé et n'avait pas parlé à Bou de la rue de Hesse.

Il y avait donc une piste à suivre, et mieux encore, une adresse très précise. Bou me confia que si Terry n'avait pas été à l'article de la mort, il aurait refusé de faire le voyage, mais ce n'était pas le cas.

Il m'avait fait ces aveux lorsqu'il était revenu à Londres après le décès de Terry. Il me parla de l'effet neutralisant et anesthésiant de la mort d'un être cher. Il s'étonnait que la terre tourne toujours, que ses poumons s'emplissent d'air et que son cœur batte alors que pour son ami tout s'était arrêté.

Nous décidâmes de prendre ensemble quelques jours de vacances au printemps : de Londres, nous partirions pour Genève où nous resterions une semaine. Puisqu'il fallait jouer les détectives, nous nous acquitterions de cette tâche. Si personne ne savait qui était Hans rue de Hesse, nous aurions au moins la satisfaction d'avoir essayé et ferions du tourisme.

Près de trois mois s'écoulèrent et Bou revint, mais la veille de notre départ pour Genève, il se montra indécis et soucieux. Après avoir longuement réfléchi, il m'annonça que l'histoire de Hans n'était pas la sienne, mais que Terry avait été son mentor. Il n'avait pas voulu ou pas pu le juger à la publication de *Rocco* ; il ne lui avait témoigné son indignation que lorsque ce dernier nous avait raconté sa trahison en détail, mais il ne lui avait pas retiré sa loyauté. À présent Terry était mort et Bou s'apprêtait à prendre l'avion pour troubler la tranquillité de Hans, or il estimait que s'il avait fui Terry Milton, nul n'avait le droit de venir le déranger.

Terry avait placé Bou dans une position inconfortable entre sa volonté et sa conscience. Moi qui n'avais en revanche aucun mentor à trahir, me rendre à Genève ne me posait aucun problème moral. Je ne me soucierais pas de savoir qui endosserait la responsabilité de certains actes. Après avoir étreint Terry à la gare de Waverley, je considérais son histoire comme la mienne, de sorte que je laissai Bou dans le lit de mon studio et partis seule pour Genève et la rue de Hesse. Je verrais bien si on m'ouvrait la porte.

Le train qui entrait en gare à Cornavin n'avait pas de compartiments ni d'étrangers susceptibles de me confier leur existence. Il était quasiment vide et glissait en silence sur les rails comme un poids plume. Dehors brillait un soleil d'avril encore timide. Même si les vitres m'isolaient de l'extérieur, je savais qu'un doux parfum sucré se dégageait des amandiers en fleur. Ces arbres étaient beaux, aseptisés, savamment ordonnés, et leur frondaison sage s'alignait de chaque côté des voies, annonçant notre arrivée à Genève.

Comment les récits que nous écoutons se concluent-ils ? Je n'avais pas terminé cette histoire qui n'était même pas la mienne. Des mois après le trajet de nuit de Londres à Édimbourg résonnaient encore dans ma tête les confessions de Terry et l'histoire de *Rocco*. Et j'étais de nouveau installée dans un train pour suivre les pas de Hans dans son pays natal.

Cette ville représentative du luxe sans ostentation des gens véritablement riches est un entrelacs de rues majestueuses et discrètes, de banques d'investissement aux façades sobres, de bijouteries spécialisées dans les diamants ayant l'aspect de maisons familiales. Malgré ce faste la cité a une gare aux abords chaotiques encombrée de personnages tourmentés, comme tout lieu abritant des voyageurs et des visiteurs. Mon hôtel se trouvait dans une de ces rues plus turbulentes que les autres. Je posai ma valise, puis constatai que j'étais à une vingtaine de minutes à pied de la rue Hesse. Je marchai jusqu'à la rive gauche du Rhône et m'arrêtai devant une des nombreuses horlogeries de la ville, une boutique élégante où sur la devanture, je lus : « EXPERT EN COMPLICATIONS », en référence à toute fonction d'une montre non relative à l'affichage des heures et des minutes, des particularités que les montres suisses possèdent en abondance.

En cherchant Hans dans les rues de la ville, je me demandai si, à force de me mêler de la vie d'autrui et de la laisser empiéter sur la mienne, je n'étais pas moi aussi une experte en complications. Je communiquais en échangeant mes singularités avec celles de mes interlocuteurs, à la manière des amibes quand elles se reproduisent. Et c'est ainsi que surgissaient les grandes complications.

Il n'y avait guère de commerces dans la rue de Hesse. Le n° 12 était une porte en bois d'où quelqu'un sortit à l'instant où je m'en approchais. J'entrai en espérant découvrir le patronyme de Hans sur une des boîtes à lettres. Ce fut le cas : le nom HAIG correspondait à l'appartement situé au dernier étage. Je gravis l'escalier avec une légère incrédulité, et une fois devant la porte je passai une main dans mes cheveux et lissai mes vêtements, le geste réflexe qu'on a avant de se présenter devant un inconnu. Je frappai à plusieurs reprises, puis, comme personne ne répondait, je m'assis par terre, résolue à patienter.

Au bout d'environ une heure j'entendis du bruit dans l'appartement voisin. Une femme enceinte portant à l'épaule un étui à violon poussa la porte et fut à l'évidence effrayée de me trouver là. Elle ne s'attendait pas à voir quelqu'un sur son palier. Je me levai en bredouillant des excuses en espagnol, elle murmura quelques mots en français avant de s'adresser tout naturellement à moi dans ma langue.

— Je peux vous aider ? proposa-t-elle avec un accent.

— Je suis désolée... non... enfin... je ne sais pas. Je cherche un jeune homme qui habitait là et qui s'appelait... qui s'appelle Hans Haig. J'ignore s'il vit encore ici. J'ai vu son nom sur sa boîte à lettres.

— Parce que l'appartement appartient à sa famille, mais il ne vit plus ici, dit-elle en fermant sa porte à clé.

— Tu le connais ? demandai-je, adoptant malgré moi le ton de la familiarité.

Elle recula d'un pas.

— Qui es-tu ?

Elle avait toujours son violon à l'épaule et ses clés dans une main. Je tendis une des miennes pour me présenter.

— Alicia, soufflai-je tandis qu'elle me serrait la main sans grande conviction.

— Tu es une amie de Hans ?

— Non. En fait non.

— Tu es journaliste ? m'interrogea-t-elle sans me laisser le temps de m'expliquer.

— Non, non. Je suis l'amie d'un ami américain de Hans.

Dès que je prononçai le mot « américain », je compris que j'avais commis une erreur. La violoniste leva une main pour me signifier qu'il n'était pas nécessaire que j'en dise davantage et que notre discussion s'arrêterait là.

— Je regrette de te dire que Hans n'est pas ici, déclara-t-elle fermement. Tu peux toujours rester sur le palier, tu ne le verras pas. Dis à ton ami que tu n'as pas eu de chance. *Bonne soirée**.

Elle commença à descendre les marches d'un pas décidé. Désarçonnée, je lui emboîtai le pas en silence, et quand nous fûmes dans la rue, je lui barrai le passage.

— Je t'embête, je sais, mais mon ami, l'ami de Hans... il est mort. Je comprends que tu ne veuilles pas me parler, seulement Hans a le droit d'être au courant. Je ne suis pas journaliste, je n'ai pas l'intention d'ébruiter ce que tu pourrais m'apprendre. Je veux simplement voir Hans pour le lui annoncer. J'ai voyagé jusqu'ici uniquement pour ça, alors s'il te plaît...

Elle lâcha la sangle de l'étui de violon et se massa le ventre en décrivant des cercles.

— Cet ami qui vient de mourir, c'est Terence Milton ?

— Oui.

Elle soupira en regardant en l'air, décidant à cet instant du dénouement qu'aurait cette histoire.

— Alicia, c'est bien ça ?

— Oui. Alicia.

— Maintenant j'ai une répétition, mais si tu veux on se voit après. Tu connais Genève ?

— Non, mais je m'orienterai avec mon téléphone.

— Parfait. On se retrouve à La Clémence, dans la vieille ville. C'est une brasserie sur une petite place, au milieu d'autres cafés avec des terrasses, tu ne peux pas la rater. Dans deux heures, et évite d'arriver en retard parce que je me couche tôt, m'expliqua-t-elle en se caressant de nouveau le ventre.

— Merci, merci beaucoup. Tu t'appelles comment ?

— Zadie ! s'écria-t-elle en ayant déjà pivoté.

Je me rendis compte que je n'étais pas loin de notre lieu de rendez-vous. Je traversai le parc des Bastions et son allée centrale bordée d'arbres et, de là, montai jusqu'au centre historique où je me promenai pour tuer le temps. Zadie fut ponctuelle, commanda une *verveine** et m'interrogea du regard pour savoir ce que je voulais.

— La même chose, répondis-je.

— *Deux fois* !* dit-elle au serveur.

— Tu parles vraiment bien l'espagnol. Où l'as-tu appris ?

— Avec mon fiancé. Ses parents sont galiciens. Il est né ici mais toute sa famille est espagnole. Il s'appelle Jaime. Qu'es-tu venue faire ici exactement, Alicia ?

Je lui fis un résumé de la situation : j'avais connu Terry à la fin de sa vie, il m'avait raconté ce qui s'était passé avec

Hans après la publication de *Rocco*. Sur son lit de mort, il m'avait priée d'aller le chercher pour lui dire qu'il avait eu des regrets toute sa vie et qu'il voulait obtenir son pardon.

— Je n'ai pas l'intention de le déranger, j'aimerais seulement lui laisser ce message de la part de Terry, la rassurai-je.

— L'histoire de Hans... commença-t-elle en mimant des guillemets.

— Oui, je sais. Terry m'en a parlé.

— C'est bien ça, le problème. Hans n'est pas une histoire, mais une personne en chair et en os que Terence Milton a exploitée pour les besoins de son roman.

— Il est donc vivant ?

— Oui, mais il n'est pas ici.

Je songeai à la peur de Terry, horrifié à l'idée que Hans se soit suicidé ou que ses colocataires lui aient fait du mal. Zadie m'annonçait qu'il n'en était rien, cependant il était trop tard pour que Terry en ressente un quelconque soulagement.

— Vous vous connaissez depuis longtemps ?

— Nous sommes des amis d'enfance. Nos familles étaient liées. Les Haig sont un des principaux donateurs du conservatoire de musique, qui est tout près de la rue de Hesse. L'appartement devant lequel tu attendais appartient à ses proches, comme celui où je vis. Ils louent toujours à des musiciens et leur font payer un loyer modéré. Hans ne joue d'aucun instrument, mais il a habité là pendant ses études d'art dramatique. Il est revenu en Suisse après la parution de *Rocco*, ça a été une étape difficile pour lui, puis il a fini par quitter la ville.

— Où est-il allé ?

— Tu sais que Hans et moi, nous avons dormi dans le même berceau. Je ne te révélerai pas où il est. Je te dirai seulement que tu n'as aucune inquiétude à avoir : il va bien et je lui transmettrai le message posthume de Terence Milton.

Elle ne pouvait pas en faire davantage et je la comprenais.

— Merci. Je n'ai pas connu Hans mais j'ai entendu son histoire en ayant l'impression de la vivre, au point que je me suis mise à sa place après la parution du roman et son départ de New York. J'aurais vraiment bien aimé lui parler.

Elle acquiesça de la tête avec bienveillance, consciente d'être la gardienne de la sérénité de Hans. Mais très vite son expression amène se changea en rictus de douleur. D'un geste instinctif, elle posa une main sur son ventre et ferma les yeux.

— Zadie, ça va ?

— Je ne sais pas, j'ai senti une douleur aiguë, lancinante. Aïe ! Ça recommence...

— Qu'est-ce qu'on fait ? Tu crois que tu vas perdre les eaux ?

— Non, c'est trop tôt. Oh ! Quelle horreur ! cria-t-elle en grimaçant.

À la table voisine, un homme s'adressa à elle et je compris le mot « ambulance ». Elle lui répondit par l'affirmative. Elle me lança un regard interrogateur en me voyant prendre son violon et ses affaires.

— Je vais avec toi, lui expliquai-je.

— D'accord, répondit-elle en agrippant son ventre.

L'ambulance arriva. À l'intérieur, je lui demandai si elle voulait que j'appelle son compagnon, qui était en Espagne et devait rentrer le lendemain.

Tout se déroula très vite. Dès que nous pénétrâmes dans la clinique, on la transporta dans une chambre où je distinguai des médecins et des infirmières avant qu'on referme la porte. Je n'étais là que depuis quelques heures et me retrouvais dans un hôpital avec une inconnue. Quelle experte en complications ! Un moment plus tard, quelqu'un me dit que je pouvais aller la voir. Elle était perfusée et branchée à plusieurs machines.

— Quelle peur j'ai eue ! Je vais rester ici cette nuit. Apparemment tout est sous contrôle, m'annonça-t-elle en bâillant.

— Qu'est-ce qui s'est passé au juste ?

— Une fausse alerte, c'est tout, mais on dirait que le bébé veut sortir, dit-elle en pointant un doigt sur son ventre. Ce n'est pas encore le moment, c'est pour ça qu'ils me gardent. Merci de m'avoir accompagnée.

— De rien. Tu ne veux pas que j'appelle Jaime ?

— Non, il rentre demain. Je l'ai eu, il a changé son billet et sera là à la première heure.

Nous gardâmes le silence. Dans son lit blanc, elle me rappelait Arturo Belando le jour où une voiture l'avait renversé, ou moi après mon IVG, à l'hôpital San Carlos.

— Si tu veux, je reste avec toi cette nuit.

— Ce n'est pas nécessaire. S'il y a le moindre problème, les médecins interviendront.

— Oui, je sais, mais ça ne m'embête pas du tout. Je retournerai à l'hôtel dès que Jaime sera là.

— Ce n'est vraiment pas la peine. Je t'assure que je vais bien.

Elle bâilla de nouveau et ferma les yeux, sans doute sonnée par les sédatifs. Je repassai dans ma tête les instants où j'avais rendu visite à Arturo après son accident, et comme en ce temps-là, je sentis que je n'étais pas la personne idéale pour tenir compagnie à Zadie, mais on ne choisit pas toujours dans la vie.

Le matin, j'ouvris les yeux et découvris que Zadie était déjà réveillée.

— *Bonjour** Alicia. Je vois que tu es restée. Jaime est dans le taxi ! s'exclama-t-elle d'un air enjoué.

— Eh oui, je suis restée. Tout va bien ?

— Oui. J'ai dormi comme un loir.

Comprenant que ma présence n'était plus indispensable, je rassemblai mes affaires pour ne plus être là lorsque Jaime pousserait la porte.

— Merci. Tu n'étais pas obligée de faire ça.

— Je sais. Je suis contente que Jaime soit là.

Je me penchai au-dessus d'elle pour prendre congé, étonnée d'avoir une fois encore partagé une part de vie avec une personne étrangère, de savoir que son histoire, même si elle différait de la mienne, perdurerait un peu en moi. Je ne reverrais peut-être plus Zadie, mais j'emportais quelque chose lui appartenant et l'image de son enfant à naître.

— Bonne chance pour l'accouchement et merci de m'avoir écoutée.

— Merci à toi, je ne t'ai presque rien dit. Talloires, ajouta-t-elle en me serrant la main alors que je m'apprêtais à quitter la chambre.

— Pardon ?

— Talloires. C'est un village en France, à une heure d'ici. Les Haig habitent là-bas. Tu suis l'embarcadère jusqu'à un chemin pavé et tout au bout, tu verras une maison en hauteur. C'est la leur.

— Merci Zadie, dis-je, la main sur la poignée de la porte.

Je me dirigeai vers l'ascenseur et vis en sortir précipitamment un jeune homme qui n'était pas rasé et semblait ne pas avoir fermé l'œil de la nuit. Jaime, pensai-je. Bonne chance à toi dans la vie, Jaime.

Assise devant l'humidité cotonneuse du lac d'Annecy par une journée sans vent, je contemplais le bleu de l'eau qui semblait immuable. Comment les habitants de cette minuscule localité avaient-ils vécu le confinement ? Combien avaient regardé s'il y avait de la lumière chez leurs voisins, en quête de compagnie, de vagues, de mouvement, désireux que le lac et le monde sortent de leur engourdissement ? À cet instant, dans ce paysage statique, le printemps et son désir de vie s'annonçaient déjà. La fin de l'hiver apportait la certitude que les corps et les plantes allaient bientôt s'épanouir.

Dans l'herbe spongieuse, une fillette aux yeux rieurs jouait avec un petit chien oblong. Elle riait aux éclats avec son chien-saucisse qui, lorsqu'il se redressait sur les pattes arrière, était aussi grand qu'elle. Ils sautillaient avec entrain, et chacun donnait l'impression de s'amuser de la physionomie de l'autre. Augmentée par l'écho de la vallée, leur joie paraissait infinie. Quelqu'un devait les surveiller, posté derrière une des fenêtres, dans une maison située à proximité, même s'ils ne pouvaient guère aller très loin. C'était un merveilleux moment de mouvement et de vie.

Je vis l'embarcadère et le chemin que m'avait indiqué Zadie. Tout au bout je distinguai la grille qui, comme je le supposais, était celle de la maison des Haig. En haut se dressaient des murs de pierre couverts de plantes centenaires. Je poussai le portail en fer forgé, qui était entrouvert. Le jardin commençait dans la partie basse et comportait une pergola en pierre, une statue, du lierre et des rosiers. On accédait à la cour par un immense escalier. Parvenue en haut des marches, j'entendis s'échapper par les fenêtres une mélodie jouée au piano. Je traversai la cour par un sentier en forme de croix couvert de gazon, au centre duquel coulait une fontaine.

— Hello, *bonjour**, il y a quelqu'un ? m'écriai-je en m'approchant d'une fenêtre entrebâillée du rez-de-chaussée.

Un labrador noir agita la queue et, derrière lui, je vis s'avancer une femme qui s'essuyait les mains sur un tablier noué autour de sa taille.

— Frankie ! Frank ! Ah, *bonjour, madame** ! dit-elle en me voyant.

Je lui demandai si j'étais bien chez les Haig, elle acquiesça et me pria de la suivre. Nous entrâmes par l'arrière de la maison qui, ainsi que je l'avais imaginé, avait de hauts plafonds et des pièces spacieuses. Dans un salon baigné de lumière, une femme blonde qui n'avait pas cinquante ans était assise au piano. Au-delà de grandes portes-fenêtres s'étendait un autre jardin avec une petite table en fer forgé noir. Elle se leva et nous rejoignit.

— Je vois que vous avez fait la connaissance de Mme Baton, notre intendante. Et je suppose que Frank vous a salué à sa manière, n'est-ce pas, Alicia ? dit-elle en me tendant une main qui serra fortement la mienne. Je suis la mère de Hans. Enchantée.

Elle parlait anglais sans accent, imprimant à cette langue la cadence qu'on apprend de chaque côté de l'Atlantique dans des lycées internationaux, les stations de ski alpines et sur les plages de sable fin de Saint-Barth.

Elle me fit signe de la suivre dans le petit jardin, où on avait disposé deux verres et une cruche d'eau où flottaient des feuilles de menthe.

Je me sentis tout à coup ridicule et intimidée par cette femme. Que faisais-je là ? Zadie l'avait manifestement prévenue que j'étais en chemin pour lui rendre visite. Que devais-je lui dire maintenant qu'elle était en face de moi ? Elle me regarda de ses yeux d'un bleu limpide, pareils à ceux que décrivait Terry dans *Rocco*, et je pensai que Hans devait avoir les mêmes. J'étais probablement dans la demeure où, enfant, il avait eu des hallucinations pendant que ses parents se disputaient. Pourquoi m'étais-je représenté un lieu modeste ? Sans doute à cause des commentaires sur la précarité dans le roman. Mais Hans n'était pas Rocco. Pourquoi Terry ne nous avait-il pas parlé de la position sociale de Hans ? Les menaces de ses colocataires, l'attitude protectrice de Mina m'avaient conduite à le croire dans le besoin. Peut-être Terry ne savait-il rien de sa famille, de cette maison fastueuse et de sa mère née dans l'opulence. Peut-être qu'indépendamment de sa fortune, Hans avait vécu à New York une expérience qui l'avait affecté plus que toute autre. Pendant les courts instants que je passai dans cet endroit, je pris conscience que j'étais dans l'erreur si je me figurais que ce voyage suffirait à me permettre de résoudre l'énigme du Rubik's Cube, de compléter la face colorée de l'histoire de Hans. Je ne savais quasiment rien de lui et j'étais encore plus déroutée entre ces murs. Terry devait probablement être aussi peu informé que moi. Je venais de comprendre que rien de tout cela n'avait de solution ni même d'importance.

— Vous êtes venue d'un autre pays, Alicia, vous avez passé la nuit avec Zadie à l'hôpital, et vous voilà à présent chez moi. Cela représente beaucoup d'efforts, alors dites-moi ce que vous aimeriez savoir.

Mme Haig était une de ces femmes dont les attentes étaient claires, et ceux qui l'entouraient passaient sans doute leurs journées à les satisfaire. Que voulais-je savoir ? Je voulais voir Hans. Je lui dis que Terence Milton avait été son ami, qu'elle n'ignorait pas qui il était, qu'il était mort et que j'aurais aimé annoncer la triste nouvelle à son fils.

— Je sais très bien qui était Terence Milton et je sais qu'il est mort parce que Zadie me l'a appris ce matin. Mais Hans n'est pas là. Je suis sa plus proche parente, alors vous pouvez tout me confier. Voulez-vous que je lui dise autre chose en plus de lui communiquer le décès de Mr. Milton ?

Je réitérai le désir de Terry de présenter ses excuses, lui parlai de son repentir sur son lit de mort et de tout ce que cela aurait représenté pour lui que Hans sache combien il avait été bourrelé de remords.

— Merci d'être venue, Alicia. Je lui dirai.

Elle se leva, mettant un terme à notre entretien.

— Madame Haig, insistai-je en me levant à mon tour. Je suis désolée de vous avoir importunée. Depuis que ma route a croisé celle de Terence Milton, je n'ai pas pu m'empêcher de penser à Hans. En plus de lui communiquer la mort de son ancien ami, j'espérais le voir. J'aurais voulu lui parler de Terry et de ce qui s'est passé à New York, j'aurais aimé qu'il me donne sa version de l'histoire.

Je me gardai de lui dire que je portais un peu de Hans en moi et que j'aurais apprécié de lui léguer quelque chose qui m'appartienne, lui laisser une partie de cette nuit dans le train ou de l'accolade de Terry lorsque nous nous étions quittés. Je lui tus également mon envie d'en apprendre davantage sur ses colocataires à New York, qu'il me révèle ce qu'ils lui avaient fait, ce qui était arrivé pour qu'il prenne aussi rapidement la fuite, si le roman l'avait réellement détruit, comme Terry semblait le croire.

Elle me lança un regard à la fois condescendant et ému.

— Je regrette, Alicia. Hans n'est pas ici, mais je tiendrai ma promesse, vous pouvez donc être rassurée. Mme Baton va vous raccompagner.

Et sans qu'il y ait eu le moindre échange de mots, l'intéressée surgit, Frankie sur ses talons.

Je fis un dernier essai, le coup de dés qu'on lance pour tenter le destin.

— Hans n'est pas là ou il ne vit pas ici ?

— Hans n'est pas là en ce moment, ma chère. Merci d'être venue. Bon retour en Angleterre.

Elle coupa facilement court à toute autre question de ma part en prononçant ces phrases brèves, puis disparut. Je suivis Mme Baton, le labrador derrière nous.

Nous atteignîmes la porte principale et je remarquai sur une commode une photographie posée contre une lampe : une jeune femme blonde serrait contre elle un petit enfant. Ils avaient tous deux les cheveux mouillés et étaient enveloppés dans des serviettes-éponges, souriaient devant l'objectif, à l'évidence amusés. C'était l'image dont Hans avait parlé à Terry, celle qu'il avait toujours sur lui et qui fut ensuite mentionnée dans *Rocco.* Il s'agissait sans doute de la copie que le jeune homme avait montrée au professeur, sans quoi elle aurait été encadrée et non froissée à côté des jeux de clés. Je compris alors que Hans s'était absenté à cause de moi, mais qu'il était là, peut-être quelque part dans la maison ou dans un village voisin, attendant que sa mère le prévienne que la voie était libre. Je faillis prendre ce cliché, mais il n'était pas à moi, de même que cette histoire. Je tirai mon portable de mon sac et m'empressai d'immortaliser l'image.

Mme Baton, Frankie et moi franchîmes la grande porte, après quoi je traversai la cour en empruntant le chemin en croix couvert de gazon qui menait au grand escalier. Je sentais dans mon dos les yeux de l'intendante. Elle s'assurait que j'allais bien quitter les lieux. Plus bas, je découvris les angelots de pierre près de la pergola et agrandis la photo que je venais de prendre. Ils étaient là, la jeune Mme Haig et le petit Hans, souriants et mouillés, imitant la posture des chérubins. Plus loin, au-delà de la grille en fer forgé, s'étendait le lac immobile entouré de montagnes, le paysage du tatouage que Hans et donc Rocco avaient à l'intérieur du poignet.

Au-dessus des murs et des plantes grimpantes, certains nuages étaient hauts et diffus tels des filets graciles, d'autres cotonneux, semblables à des édredons douillets. Le beau terme inventé par Rubén Darío, « néphélibate », du grec *nephélē* (« nuage ») et *bátēs* (« qui marche »), me revint à l'esprit. Néphélibate est la personne rêveuse qui marche sur les nuages et ne remarque pas la réalité. Je songeai à Bou, qui devait être seul à Wapping, dans mon studio. Je souris en revoyant son visage effrayé le soir où je l'avais surpris dans mon quartier, en pensant à l'enthousiasme avec lequel il m'avait parlé des fleurs en verre, au bout de chemin qu'il avait fait en compagnie de Terry, le créateur d'histoires. Je pris mon téléphone et lui envoyai la photo de la photo, puis changeai mon vol pour rentrer à Londres dans la soirée.

Je m'éloignai de la maison par l'étroit sentier qui longeait le lac. Le mur humide envahi de mousse dégageait du froid et abritait une vie cachée pleine d'insectes palpitants sur le point de quitter leurs repaires la nuit tombée.

Hans devait être aussi frigorifié que les personnages de roman dont les auteurs ont quitté ce monde. Je ne connaîtrais jamais sa version des faits. Mais cette fin n'est qu'un dénouement parmi d'autres, car tant que le papillon bat des ailes, les mots d'autrui, pareils à des écheveaux de fils de soie qui s'entremêlent sans cesse, peuvent encore changer le déroulement de l'histoire.

Remerciements

J'aimerais remercier le Département de langues et de littératures romanes ainsi que toute l'université de Colgate pour m'avoir donné un lieu où me consacrer à la littérature, et les amis qui ont rendu des hivers glacés presque tropicaux. Ils se reconnaîtront. Il me serait difficile d'imaginer les années que j'ai passées là-bas sans les mots de Niki Keating. CJ Hauser, que j'admire et que j'aime, m'a encouragée à m'engager sans m'en détourner sur la voie de la fiction, et m'a promis sur une place de Padoue que ce roman serait publié. Sans le soutien, l'amitié et l'affection de Monica Mercado, ma vie de l'autre côté de l'Atlantique ne serait pas telle qu'elle est. J'ai partagé avec Laura Moure Cecchini un appartement en plus du brouillon de ce livre, mais aussi une voiture, des livres qui n'ont pas encore vu le jour, des excursions sur la route 20, de la *brodaglia* et des déconvenues, et tout est toujours mieux avec elle. Yang Song m'a suivie dans mille aventures domestiques et m'a appris à écrire 零. Avec mes étudiants j'ai passé des heures à parler de fictions, et je tiens plus particulièrement à remercier Renee Congdon, qui a lu ce livre alors qu'il n'était qu'un projet.

Mes amis (de nombreux hispanistes, quelques amoureux de Javier Marías, tous très appréciés de moi) de Londres, Madrid, Wellesley, Murcie, Minorque, La Pinilla, Saint-Jacques-de-Compostelle et Mexico adorent les livres et seront ravis d'apprendre l'existence de celui-ci. Avec la générosité qui les caractérise, Luis Castellví Laukamp, David Jiménez Torres et María Seguín m'ont aidée à différentes étapes. Avec Nacho García Peña, cela fait vingt-cinq ans que je partage des arrêts en gare et sur image. Certains personnages ont passé dix ans dans un train ; Gavin Russell a été le premier à parler d'eux. Mon amie Charlotte Fereday m'a incitée à signaler mon roman à Sophie Hughes, Sophie m'a présenté Ella Sher, une agente littéraire de rêve. C'est avec elles que tout a commencé.

C'est peu de dire que ce roman doit sa naissance à Ella : sans elle, il serait encore un dossier Word. Ella Sher s'est entichée de mon texte et lui a imprimé un nouveau tournant en vantant ses mérites avec une énergie qui n'a d'égale que son efficacité. Je remercie aussi mon éditrice et alliée, Carolina Reoyo, dont l'œil clinique a amélioré ce livre. Elle a également contribué à assurer sa promotion et sa diffusion avec bonne humeur et gentillesse. Si la *dream team* littéraire existe, ces deux personnes en font partie.

À toute l'équipe de Penguin Random House Espagne, et surtout à María Fasce et Pilar Reyes, pour la confiance qu'elles m'ont accordée. Toute ma reconnaissance va par ailleurs aux éditeurs étrangers qui ont accueilli ce roman avant qu'il soit publié en espagnol, aux traducteurs qui travaillent pour le faire exister dans d'autres langues que la mienne, aux scouts littéraires et aux co-agents d'Ella Sher, qui l'ont propagé aux quatre coins du monde.

Il y a deux écrivains auxquels je dois beaucoup : Javier Marías, *in memoriam*, car sa voix m'a fascinée et a défini ma carrière ; et Rosa Montero, un torrent d'énergie et une source d'inspiration (elle autant que son œuvre), car des années auparavant elle m'a poussée à écrire de la fiction. Et quand je m'y suis mise, elle a lu mes premiers jets et m'a conseillée avec toute la générosité et la passion qui la caractérisent.

Dans cette histoire figurent les mots de divers écrivains que j'admire : les vers sont de Robert Frost, Sylvia Plath et Hilda Doolittle. J'ai emprunté des phrases du discours de Carme Riera quand elle est entrée à la Real Academia Española, ses magnifiques réflexions sur les îles, et d'autres à Elizabeth Strout, dont le personnage, Lucy Barton, s'interroge à propos de la chance. L'idée que la littérature ouvre une blessure et la cautérise est de Juanjo Millás.

J'ai écrit l'essentiel de ce livre entourée de mes amis d'enfance : Neila, Saioa, Elena et Alberto. Je remercie également Paqui et

Ramón, qui ont préparé autant de paellas qu'une année comporte de dimanches. La plupart de ces pages ont pris forme dans la librairie Pynchon & Co, à Alicante, où on nous a toujours accueillies, ma chienne Isla et moi, avec le sourire. Isla a dormi à mes côtés tout le temps que j'ai passé à élaborer ce roman.

Merci à ma famille pour son soutien et sa tendresse. Mon père est à l'origine de mon amour et de ma curiosité pour les îles et les mystères qu'elles contiennent. Ma tante m'a transmis la passion des voyages. Quant à ma sœur, elle a toujours été ma plus grande complice ; je lui dois tout ce que je sais sur les rêves. Elle m'a suivie dans le processus d'écriture avec la joie qu'elle éprouve toujours à participer à mes aventures. À Sarisú et Kike, dont l'entrain m'a aidée à écrire. La confiance que ma mère me porte est le moteur de beaucoup, voire de toutes mes activités ; elle ne doute jamais de moi et c'est grâce à sa conviction aveugle, une source inépuisable d'énergie pour ses filles, que je suis allée de l'avant.

À Andrés, premier lecteur. Ce roman est sorti de l'encrier et a pris vie parce qu'il était sûr que je pouvais le rédiger et enthousiaste à l'idée de connaître ses personnages, qui désormais ne sont plus uniquement les miens.

Dernières parutions

M. J. Arlidge
Ainsi font font font

Catherine Bardon
Almah

Harold Cobert
Le Procès Mein Kampf

Kate Collins
La Maison idéale

Frédéric Couderc
Les Secondes chances

Claudia Cravens
L'Affranchie

Frédéric Germain
Nos vies volées

Emilia Hart
Les Sirènes

Elin Hilderbrand
Un week-end à Nantucket

Ismaël Khelifa
Ce que la vie a de plus beau

Gilly Macmillan
De si bons voisins

Rebecca Makkai
J'ai quelques questions à vous poser

Maggie Millner
Couplets, une histoire d'amour

Ann Napolitano
Les Bien-aimés

Heather O'Neill
Perdre la tête

Martin Page
La Tendresse des catastrophes

Lina María Parra Ochoa
La Main qui guérit

Valérie Paturaud
L'Enseveli

Marie Pavlenko
Traverser les montagnes, et venir naître ici

Roland Perez
Bonne fête des Mères, Papa !

Alexis Schaitkin
Autre part

Cat Shook
Les Magnolias de Myrtle Lane

Catherine Steadman
Jeux en famille

Antje Rávik Strubel
Femme bleue

J. Courtney Sullivan
Retour à Lake Grove

Akli Tadjer
De ruines et de gloire

Karen Viggers
Sur la touche

Alice Winn
Les Ardents

Pour en savoir plus sur l'actualité des Escales,
vous pouvez consulter notre site Internet
www.lesescales.fr
et nous suivre sur les réseaux sociaux

Editions Les Escales

@LesEscales

Pour plus d'information :

www.lisez.com

Imprimé sur du papier issu de forêts gérées durablement.

Achevé d'imprimer par
Normandie Roto Impression s.a.s.
N° d'impression : 2501486

Imprimé en France